Verwünscht

MANCHMAL IST DAS FALSCHE RICHTIG

Roman

Franziska Erhard

Verwünscht – Manchmal ist das Falsche richtig

1. Auflage September 2016

Korrektorat: Claudia Heinen, www.sks-heinen.de
Titelbild: Buchgewand

Ich freue mich über jede Rückmeldung. Schreibt mir!
franziska.erhard@gmx.de
Oder besucht mich auf Facebook:
Franziska Erhard Autorin

1

»So, du bist also Charlotte!«

Ich nickte stumm. Eine Minute in meinem neuen Leben, und schon wäre ich am liebsten davongerannt. Die stechend blauen Augen, die mich musterten, verzogen sich und wurden schmal. »Ich hatte etwas anderes erwartet. Du siehst nicht aus, als wärst du mir eine große Hilfe.«

»Guten Tag, Tante Millicent.« Es tut mir leid, wenn ich nicht deinen Erwartungen entspreche, dafür entsprichst du den meinen voll und ganz, hätte ich gerne noch hinzugefügt, aber ich tat es natürlich nicht.

»Bist wohl nicht sehr gesprächig, was? Womit haben sie dich bestochen, dass du hierherkommst?«

»Ich wurde nicht bestochen. Es hat sich ... ergeben. Du brauchst Hilfe, ich hatte gerade Zeit ...« Ich brach ab. Bestimmt würde ich ihr nicht noch mehr Kanonenfutter liefern. Alle Geschichten, die ich bisher über Tante Millicent gehört hatte, waren ganz offensichtlich noch untertrieben gewesen. Aber natürlich war ich dumm genug gewesen, dennoch hierherzukommen. Nicht zum ersten Mal verfluchte ich den Teil meiner Persönlichkeit, der immer auf Harmonie aus war und dafür sorgte, dass ich Sachen tat, die andere wollten und nicht ich.

Die Tür schwang auf, und ein riesiger schwarzer Hund kam ins Zimmer gestürmt und direkt auf mich zu.

»Butler!« Tante Millicents Stimme bellte durch den Raum, und augenblicklich stoppte das Tier. »Das ist Butler. Ich hoffe, du hast nichts gegen Hunde.«

»Nein, gar nicht.« Langsam ging ich in die Hocke und begann, das weiche schwarze Fell zu streicheln. »Hallo Butler. Du bist ja ein hübscher Kerl.«

»Butler ist noch jung. Du wirst mit ihm hinausgehen, er braucht viel mehr Bewegung, als ich ihm bieten kann.«

Ich nickte, ohne meinen Blick von diesen schönen, warmen Hundeaugen zu nehmen. Endlich etwas, worauf ich mich freuen konnte.

»Gut. Grace kann dir dein Zimmer zeigen. In einer halben Stunde gibt es Tee. Grace!«

Wieder ging die Tür auf, und die kleine, dralle Frau in mittleren Jahren mit den gesunden roten Wangen, die mir vorher schon die Haustür geöffnet hatte, kam herein.

»Na, dann kommen Sie mal mit, Liebes.«

»Sie ist eigentlich ein herzensguter Mensch, Ihre Tante.«

»Stieftante.«

Grace schien einer dieser Menschen zu sein, die nur gute Tage hatten. Sie schnaufte vor mir die große, breite Holztreppe hinauf, was sie nicht davon abhielt, stetig weiterzuplappern. »Wie auch immer. Ich kenne sie, seit ich ein Kind bin. Sie hielt noch nie ihre Meinung hinterm Berg, das nicht, doch sie hat ein gutes Herz. Aber seit die Krankheit sie so sehr im Griff hat, ist sie schwieriger.«

Schwieriger, dachte ich, ist eine nette Umschreibung.

»Aber Sie werden gut mit ihr auskommen, das spüre ich. Es ist wirklich großartig, dass Sie nun hier sind. Es ist doch ganz anders, wenn sich jemand aus der Familie kümmert, kein Fremder.«

»Aber ich bin eine Fremde.« Ich hatte Tante Millicent bisher nur einmal gesehen, auf der Hochzeit meiner Mutter mit Edward vor nunmehr fünf Jahren. Edward war ihr Bruder und mein Stiefvater, das war unsere einzige Gemeinsamkeit.

»Sie sagt es zwar nicht, aber sie hat starke Schmerzen. Sie war stets draußen, bei jedem Wetter, im Garten, und immer mit den Hunden unterwegs. Nun fesselt ihr Körper sie ans Haus, das tut ihr nicht gut. So, und das wäre nun Ihr Zimmer.« Sie öffnete eine Tür und ließ mir den Vortritt.

Der Raum war recht groß und überraschend nett eingerichtet. Ein breites Himmelbett mit schweren cremefarbenen Vorhängen, ein dazu passender Kleiderschrank, ebenfalls aus dunklem Holz, und an der gegenüberliegenden Wand stand die passende Frisierkommode mit einem Hocker. Das breite Fenster hatte eine Sitzbank, auf der mehrere bunte Kissen lagen, und ein mächtiger Ohrensessel in der Ecke lud zum Lesen ein.

»Sie haben hier ihr eigenes kleines Badezimmer, es ist genau gegenüber. Seit Millicent die Stufen nicht mehr steigen kann, hat sie unten Quartier bezogen.« Grace musterte noch einmal den Raum. »Falls Sie noch was brauchen, lassen Sie es mich wissen. Ich bin bis fünf Uhr da. Und nicht vergessen, in zwanzig Minuten gibt es Tee.« Damit zog sie die Tür hinter sich zu und ließ mich mit meinem Koffer und der Tasche stehen.

Ich trat ans Fenster und blickte hinaus. Hier würde ich also die nächsten drei Monate verbringen. In diesem Dorf mitten in den Cotswolds, dem im Südwesten des Landes gelegenen »Herzen Englands«, relativ nahe an Bristol, und doch so weit entfernt, das aussah wie ein Postkartenmotiv. Honigfarbene Kalksteinhäuser, die meisten mit kleinen Vorgärten, zogen sich an der sanft ansteigenden Hauptstraße entlang. Bruchsteinmauern umgaben die Grundstücke, Efeu, das ganze Programm. Um das Dorf herum endlose Hügel und Wiesen, wie geschaffen für lange Spaziergänge. Hier und da war eine Herde Schafe zu sehen, auf einer Weide weiter hinten grasten Kühe. Trockenmauern durchbrachen ab und zu die Landschaft. So viel Grün hatte ich lange nicht mehr gesehen, und ich war tatsächlich verzaubert von dem Anblick. Es war eine Idylle wie aus dem Sonntagabend-Programm. Ein paar Mütter schoben Kinderwagen durch das warme Licht der Oktobersonne, und Kinder jagten die Straße entlang.

Tante Millicents Haus lag am Ende der Hauptstraße, am Ortsrand und dem höchsten Punkt. Seine Größe hatte mich überrascht, denn Edward hatte es immer etwas lapidar als »Häuschen« bezeichnet. Tatsächlich war es fast doppelt so groß wie die anderen Häuser. Es hatte einen gepflegten Vorgarten mit den hier üblichen Rosensträuchern, und im Sommer musste die Pracht großartig sein. Nun aber bereitete sich die Natur auf den bevorstehenden Winter vor, und das sollte ich ebenfalls tun. Passte sowieso besser zu meiner Stimmung. Denn auch wenn ich gerne meiner Mutter die Schuld gegeben hätte, dass ich nun hier war, so wusste ich doch, dass ich es selbst verbockt hatte.

Noch vor ein paar Wochen war ich die glücklichste Frau der Welt gewesen – das hatte ich zumindest gedacht. Statt ländlicher Idylle hatte ich mein Leben im pulsierenden Herzen von Bristol verbracht, in einer coolen Loftwohnung und mit dem umwerfenden Josh Darnell an meiner Seite. Und wir waren buchstäblich Tag und Nacht zusammen gewesen.

Josh hatte eine Eventagentur, und ich war seine Assistentin. Nun ja, jetzt vielleicht nicht mehr. Er, voller Energie und Leben, musste jedes seiner Angebote selbst ausprobieren, egal ob Paragliding, Freejumping oder Rennwagen fahren. Er brauchte das Adrenalin wie kein Zweiter. Ich nicht unbedingt. Ich war trotzdem oft genug auch dabei, und natürlich hatte ich ihm nie gesagt, dass mich der Tandemsprung jetzt nicht so geflasht hatte wie ihn. Mein Kick war es gewesen, eng an seinen Körper gefesselt zu sein, deshalb tat ich es.

Unser Leben war perfekt, bis ich vor ein paar Wochen mit ihm Schluss gemacht hatte – aus Versehen. Josh hatte es leider ernst genommen, und ich stand nun hier in diesem Dorf. Nun ja, wenn er den ersten Schreck überwunden hatte, dann kämen wir wieder zusammen. Und in der Zwischenzeit würde ich etwas für mein Karma tun und mich um Tante Millicent kümmern. Denn leider hatte sich mit Josh auch mein Job verabschiedet.

Als meine Mutter erfuhr, dass Josh und ich gerade

in einem kleinen, nun ja, nennen wir es Formtief steckten, war sie zuerst tief bestürzt und dann voller Pläne. Ich musste raus aus Bristol, weg von ihm, und Tante Millicent brauchte dringend jemanden im Haus, weigerte sich aber, eine bezahlte Pflegekraft einzustellen. Deshalb war ich ins Spiel gekommen. Edward schaufelte sich ein kostbares Wochenende frei und fuhr hierher, um mit seiner Schwester alles klarzumachen, und ich hatte, nach anfänglichem Zögern, nachgegeben. Wie immer. Ich ließ mich überreden, drei Monate hierherzukommen, bis Tante Millicent sich an den Gedanken gewöhnt hätte, jemanden zu brauchen. Und um ganz ehrlich zu sein, fand ich nach anfänglichem Sträuben sogar selbst, dass es vielleicht ein kluger Schachzug wäre. Eine Weile raus aus der Stadt, Josh Zeit geben, sich wieder zu fangen, gleichzeitig meine Unabhängigkeit, die er angezweifelt hatte, zu beweisen ... Es gab mehr als einen guten Grund.

Ein heftiges Donnern holte mich aus meinen Gedanken. Ich sah auf die Uhr und erschrak; ich war zu spät für den Tee. Ich ließ alles stehen und machte mich schnell auf den Weg nach unten.

2

Als ich das Wohnzimmer betrat, hämmerte Tante Millicent noch immer mit dem Stock auf den Boden. Unglaublich, welchen Lärm die gebrechlich wirkende Dame veranstalten konnte.

»Tut mir leid ...«

»Setz dich und schenk den Tee ein.«

Ich holte tief Luft und nickte lächelnd. Nur nicht schon am ersten Tag Ärger machen. Ich fragte höflich, wie sie ihren Tee nahm, stellte die Tasse neben ihr ab und reichte die Platte mit den Sandwiches. Erst dann nahm ich selbst Platz und goss mir ein.

»Du hast also keinen Job.« Die Stimme meiner Stieftante bellte durch den Raum. Butler, der zu ihren Füßen lag, hob den Kopf und schien mich interessiert zu mustern.

»Doch. Ich bin Assistentin in einer Event-Agentur. Ich mache nur gerade eine Art ... kreative Pause.«

»Also keinen Job.« Dumm war sie nicht.

Ich sah, wie sich ihr Mund verzog, als sie die Tasse hochhob. Mit den Schmerzen hatte Edward wohl nicht übertrieben. Arthrose, hatten die Ärzte gesagt. Die Hände sahen verkrümmt aus, und auch das Gehen bereitete ihr große Schmerzen. Sie hatte die Krankheit schon lange, aber in den letzten Monaten war es deutlich schlimmer geworden.

»Und was gedenkst du hier zu tun?«

»Ich weiß nicht ... Ich dachte, es wäre gut, wenn jemand hier ist.« Nun ja, eigentlich dachten das meine Mutter und Edward. »Wir könnten uns unterhalten, besser kennenlernen.«

»Hm.« So viel Spott in einer so kurzen Äußerung.

»Ich könnte kochen.«

»Das macht Grace, danke. Gute, ehrliche Hausmannskost. Kein roher Fisch oder Fleisch, das aus Soja besteht. Ich weiß nicht, ob es dir zusagen wird.« Das »dir« war wieder ein einziger Schlag.

»Ich mag Hausmannskost.«

Eine unangenehme Stille trat ein. Tante Millicent rührte grimmig ihren Tee, und ich musste mich beherrschen, sie nicht anzufahren. Ich hasste es, wenn jemand stundenlang mit dem Löffel in der Tasse hantierte. Das Geräusch machte mir Zahnschmerzen.

»Wir könnten zusammen lesen.« In meiner Verzweiflung und dem hilflosen Versuch, dieses Scharren in der Tasse abzustellen, platzte ich mit dem ersten dummen Vorschlag heraus, der mir einfiel. Seltsamerweise verzog sich ihr Mund nach einer kurzen, nachdenklichen Stille zu einem Lächeln.

»Ja. Du könntest mir vorlesen. Meine Augen sind auch nicht mehr das, was sie einmal waren.« Ihr Lächeln wirkte listig, und plötzlich hatte ich Angst. Was sie wohl für Bücher mochte? Krimis mit ganz viel Gemetzel und Blut wären vorstellbar.

Und so saß ich eine halbe Stunde später mit Tante Millicent vor dem Kamin, ein aufgeschlagenes Buch in der Hand. Sie hatte sich für »Jane Eyre« entschieden. Ich kannte das Buch, weil wir es einmal in der Schule gelesen hatten, und dachte, dass es eine passende Wahl war. Da saßen wir nun und boten sicher ein Bild äußerster Harmonie. Die kleine, alte, gebrechliche Frau mit den blaustichigen Löckchen in ihrem dunkelgrünen Tweedrock, weißer Bluse und einem dunkelgrünen, gestrickten Umschlagtuch über den Schultern, und im Sessel daneben ich, die Beine im neusten Modell meiner Lieblingsjeans sittsam übereinandergeschlagen, über den Schultern meinen neuen, weichen Kaschmirschal. Meine Haare hatte ich mir vor der Reise hierher noch machen lassen, und ich wusste, dass die frischen Strähnchen in meinem brauen Haar im Schein des Kaminfeuers wie Honig glänzten. Nun, das sollten sie auch, für das Geld, das ich dafür ausgegeben hatte. Aber es hatte sich gelohnt, und zusammen mit dem schulterlangen und leicht gestuften Schnitt sah ich jünger und dynamischer aus als vorher. Denn wenn Josh demnächst einsah, dass alles nur ein dummes Missverständnis war, wollte ich nichts riskieren. Ich musste umwerfend aussehen, sodass er gar nicht anders konnte, als mich zu bedrängen, endlich zurückzukehren.

Tante Millicent räusperte sich, und ich kehrte zurück ins Hier und Jetzt. Bevor mich mein Traumprinz von hier entführte, musste ich erst mal Jane und ihren Mr Rochester zusammenbringen.

Nach dem Vorlesen durfte ich das Essen auftragen, das Grace zum Warmhalten in den Ofen geschoben hatte, ehe sie ging. Wir aßen das Lamm-Stew schweigend, und schon nach den wenigen Stunden hier war mir klar, dass Schweigen nicht gerade die schlechteste Option war. Tante Millicent schien unglaublich viel Energie und Kraft daraus zu schöpfen, mich mit kleinen, gemeinen Spitzen zu traktieren, und zum ersten Mal waren meine Gefühle für Edward nicht mehr ganz so liebevoll. »Sie ist eine direkte Frau, die sagt, was sie denkt. Aber sie hat ein gutes Herz unter der stacheligen Schale. Ihr werdet gut auskommen, wenn ihr euch erst mal kennt«, hatte er mir versichert. Ich war mir da nicht mehr so sicher. Sie hatte bereits alles Mögliche an mir kritisiert und dazu nicht mal allzu viele Sätze gebraucht, weil jeder Einzelne ein Treffer war. Meine Haare waren zu glänzend, ich selbst war zu dünn und könnte sicher nicht anpacken, meine Jeans zu zerrissen, meine Schuhe zu hoch. Ich hatte darauf verzichtet, ihr zu erklären, dass ich trotz allem die Kräftigste in unserem Bekanntenkreis war – meine Jeans waren mindestens zwei Nummern größer als die der anderen Mädchen – und dass ich für meine Designerjeans im angesagten Destroyed-Look eine Unsumme gezahlt hatte. Dass meine Haare zu sehr glänzten, nahm ich einfach als Kompliment. Im Ernst, ich meine, konnten Haare überhaupt zu seidig und glänzend sein?

Dann hatte sie mir erklärt, dass sie sich nun zurückziehen wolle und ich machen könne, was mir beliebe. Fast hätte ich gegrinst. Aber ich hatte nur genickt, ihr eine gute Nacht gewünscht und zugesehen, wie sie sich mit kleinen, schweren Schritten und gestützt auf ihren Stock aus dem Zimmer schleppte.

Ich selbst beschloss, den restlichen Abend sinnvoll zu nutzen. Seit zwei Wochen herrschte nun schon Funkstille zwischen Josh und mir. Ich wusste, dass er stolz war und Zeit brauchte, aber lange würde es nicht mehr dauern. Ich hatte dafür gesorgt, dass genügend gemeinsame Bekannte meine Adresse hier hatten, und wenn er endlich kam, wollte ich perfekt aussehen. Also würde ich meine Tage hier nutzen für ausgiebige Beautysessions und dafür sorgen, dass meine Beine zu jeder Zeit makellos glatt waren. Und der Rest von mir ebenso.

Um zwei Uhr weckte mich donnernder Lärm. Ich

war gerade erst eingeschlafen, und nur mühsam kam ich zu Bewusstsein. Wieder der Lärm. Eindeutig Tante Millicent und ihr Stock. Ich sprang aus dem Bett und die Treppen hinunter.

Sie lag in ihrem Bett, trug tatsächlich ein gestricktes rosa Bettjäckchen und verlangte nach einem Glas Wasser. Als sie einen winzigen Schluck genommen hatte, hob sie missbilligend die Augenbraue. »Was trägst du denn da?«

Ich sah an mir hinunter. »Ein Nachthemd?«

Schnauben. »Zu meiner Zeit gab es so etwas nicht. Man kann alles sehen.«

Das war genau der Zweck dieser Teile. Nun gut, hier war es überflüssig, weil es niemanden gab, der alles sehen wollte, aber ich würde ihretwegen nicht anfangen, lange Baumwollhemden zu tragen.

»Brauchst du sonst noch was?«

Sie schüttelte den Kopf, und ich ging wieder ins Bett, nicht ohne mir vorher einen Morgenmantel zurechtzulegen.

3

Beautyrituale am Abend sind zwecklos, wenn du nachts dreimal aus dem Schlaf gerissen wirst. Am nächsten Morgen hatte ich tiefe Schatten unter den Augen, und selbst mein Haar schien ein wenig Leuchtkraft eingebüßt zu haben. Dafür blitzten Tante Millicents Augen.

»Und, wie war die erste Nacht hier, Liebes?«, hatte Grace mich gefragt, als sie den Kaffee auf den Tisch stellte. »Sie wissen ja, die erste Nacht ist wichtig. Sie zeigt, wie es weitergeht.«

Ich hatte ein paar unverbindliche Worte gemurmelt und versucht zu lächeln. Wenn das stimmte, dann lag keine besonders tolle Zeit vor mir.

Kurzentschlossen erhob ich mich vom Tisch, als Millicent endlich die Serviette zur Seite legte. »Wenn es dir Recht ist, gehe ich mit Butler raus. Der arme Kerl scheint dringend etwas Auslauf zu brauchen.« Und ich auch.

»Tu das. In letzter Zeit ist er tatsächlich zu kurz gekommen. Grace war immer nur ein paar Minuten mit ihm draußen.«

Es war großartig, mit dem Hund über die morgendlich feuchten Wiesen zu stapfen. Ich hatte meine Jeans in die Stiefel gesteckt, einen kuscheligen Poncho übergeworfen, und der Wind blies mir ins Gesicht. Es war nicht mehr so sonnig wie gestern, aber immerhin regnete es nicht.

Butler rannte und tobte vor mir her, holte unermüdlich den Stock, den ich warf, und war kaum zu bändigen. Ich ließ ihn rennen, denn außer uns war hier niemand, und hing wieder einmal meinen Gedanken an Josh nach. Wie gerne wäre ich jetzt hier mit ihm an der Hand gegangen. Oder noch besser, seinen Arm um meine Schultern. Ich bin nicht besonders groß, Durchschnitt eben, und wenn er den Arm um mich legte, konnte ich problemlos meinen Kopf an seine Schulter betten. Ich sah ihn direkt vor mir. Er würde eine dunkle Jeans tragen, einen weichen Shetland-Pullover mit Rollkragen und schwere Lederboots. Sein Haar würde selbst in diesem fahlen Licht golden glänzen, nicht zuletzt wegen der dezenten Strähnchen, die er sich immer machen ließ. Lachend würde er meinem Bericht über die schreckliche Tante Millicent lauschen, und mir dann versprechen, mich wegzuholen und für den Rest unseres Lebens auf Händen zu tragen und vor jeder Drachentante zu beschützen.

Ich war so versunken in meine Gedanken, dass ich einen Moment die Luft anhielt, als scheinbar aus dem Nichts tatsächlich eine hochgewachsene

Männergestalt vor mir auftauchte. Die Sonne hatte sich just diesen Moment ausgesucht, um sich zwischen den Wolken einen Weg zu bahnen. Ich sah, wie sein Haar aufleuchtete, golden mit einem Hauch Rot. Es war ein magischer Augenblick, ein Fingerzeig Gottes, dass Rettung nahte.

›Er hat neue Strähnchen‹, dachte ich, dann ›Himmel, er ist tatsächlich da‹, dann ›aber seit wann ist er so breit in den Schultern?‹, und dann dachte ich ›Scheiße!‹ Butler hatte den Mann ebenfalls entdeckt und preschte los.

»Butler«, schrie ich, doch der Hund reagierte nicht. Er raste weiter, und ich rannte hinterher. Natürlich hatte ich keine Chance. Bevor ich in meinen Schuhen auch nur die Hälfte der Strecke hinter mir hatte, war Butler bei dem Mann angekommen und sprang wie wild an ihm hoch.

»Scheiße.« Ich rannte noch schneller und keuchte dabei leicht vor mich hin. »Butler, aus! Hörst du, aus! Hierher, Butler!« Keiner meiner Kommandos hatte irgendeine Wirkung. Als ich endlich bei den beiden ankam, hatte ich Seitenstechen vom Brüllen und Laufen.

»Es ... tut ... mir leid ...« Ich schnaufte ziemlich, und die Anstrengung, Butler von dem Fremden wegzuziehen, machte es nicht besser. »Jetzt komm schon, du verrückter Hund. Aus!« Ich hatte das Halsband gepackt und versuchte erfolglos, die beiden zu trennen. Butler sprang nach wie vor aufgeregt bellend an dem Mann hoch.

»Kein Problem.« Die tiefe, warme Stimme klang sympathisch, und man hörte sein Lächeln. »Butler und ich sind gute Freunde, was, alter Junge?«

Ich gab es auf, die zwei trennen zu wollen, und stützte stattdessen meine Hände in die schmerzenden Seiten.

»Gut. Ich bin froh, dass er Sie nicht ...«

»Alles in Ordnung. Und bei Ihnen?« Jetzt bekam seine Stimme etwas Besorgtes. Ich hob die Hand und winkte ab. »Geht schon.«

Butler nahm mich endlich auch zur Kenntnis, ließ von dem Fremden ab und sprang dafür an mir hoch. Natürlich erwischte er mich völlig unvorbereitet, und beinahe wäre ich rückwärts in die nasse Wiese gefallen, hätte eine starke Hand mich nicht schnell festgehalten. Jetzt, wo er so nahe bei mir stand, wunderte ich mich, wie ich ihn mit Josh hatte verwechseln können. Dieser Mann sah völlig anders aus. Die Größe stimmte zwar einigermaßen, genauso das Alter, aber er war breiter gebaut als Josh mit seiner sehr schlanken, hochgewachsenen Figur. Die Haare waren eher hellbraun als dunkelblond, und sie hatten definitiv einen rötlichen Schimmer, wenn die Sonne darauf fiel. Sie waren auch nicht perfekt geschnitten, sondern eher etwas, nun ja, lässiger frisiert. Er wirkte, als hätte ihn gerade eine kräftige Windbö ausgelüftet.

»Jetzt ist gut, alter Junge. Lass das Mädel. Hol.« Ein Stock flog durch die Luft, und der Hund jagte begeistert davon. »Was tun Sie hier draußen mit Butler?«

»Ich besuche meine Tante, Millicent Preston.«

»Und sie hat Sie alleine mit dem Hund rausgeschickt?«

»Warum nicht?«

»Butler ist noch jung. Er muss noch viel lernen. Haben Sie einen Hund?«

»Nein, obwohl ich eigentlich immer gerne einen gehabt hätte. Aber ich fürchte, ich hätte zu wenig Zeit dafür.«

»Ja, das ist ein Problem ...« Er unterbrach sich, um dem Hund den Stock abzunehmen und ihn kräftig zu loben, ehe er ihn erneut warf. Langsam gingen wir Seite an Seite hinter dem aufgeregt bellenden Tier her.

»Millie hat ein gutes Händchen für Hunde. Ihre Tiere waren immer bestens erzogen. Das muss ihr schwerfallen, diesen Teil ihres Lebens aufzugeben ...« Er sah fragend herüber, und ich nickte stumm. Millie. Er war der Erste, der sie bei einem Kosenamen nannte, aber nicht der Erste, bei dem ich echte Wärme und Zuneigung spürte, wenn er über sie sprach.

»Deshalb bin ich hier. Weil es ihr gesundheitlich nicht gut geht. Ich werde eine Weile bei ihr bleiben und sehen, wie sie zurechtkommt.«

»Das ist gut. Und wenn Sie länger hier sind, dann haben Sie vielleicht auch ein wenig Zeit für Butler, was, mein Schöner?« Er sah auf die Uhr und richtete sich auf. »Ich muss los. Wir sehen uns bestimmt wieder. Ich bin fast jeden Morgen hier draußen.«

Beschwingt machte ich mich mit Butler auf den Heimweg. Dieses Gespräch hatte mir gutgetan. Ich war zwar erst seit gestern hier, aber Tante Millicents ewiges Genörgel und die kleinen Spitzen waren nicht spurlos an mir vorübergegangen. Es tat gut, ein nettes Gespräch mit einem netten Menschen zu führen.

Meine Tante erwartete mich bereits. »Du warst lange weg.«

»Ja, und es hat uns gutgetan, was, mein Schöner?« Ganz unbewusst ahmte ich die Stimmlage und Bewegung des Fremden nach, und Butler ließ ein zufriedenes Bellen hören.

»So? Na dann, es ist Zeit für unser Buch.«

Wir begannen, uns eine Art Routine zu erarbeiten. Keine, die mir besonders gefiel, um ehrlich zu sein. Morgens und abends ging ich mit dem Hund raus, um für eine Weile dem Haus und vor allem Tante Millicent zu entkommen. Den Rest des Tages hatte sie das Zepter in der Hand. Sie bestimmte, was wir aßen, und wann. Wenn ich mich in mein Zimmer zurückzog, dann holte sie mich mit dem harschen Klopfen ihres Stockes zurück ins Wohnzimmer. Dann sollte ich ihr etwas zu trinken holen, ein paar Seiten vorlesen oder einfach nur dasitzen und ihren Ausführungen lauschen. Sie machte es mir wirklich nicht leicht, sie zu mögen. Und zu allem Unglück hatte Josh sich immer noch nicht gemeldet. Ich war nun schon vier Tage hier, ohne ein einziges Lebenszeichen von ihm. Ich hatte mit Laureen, meiner Freundin, telefoniert, und sie hatte mir versichert, dass es ihm gut ginge und er wüsste, wo ich war.

»Lass ihm Zeit. Du hast ihn verletzt. Du weißt, dass er das nicht gewohnt ist.«

»Hmm.« Ich hatte nichts weiter dazu gesagt. Ja, vielleicht hatte ich ihn verletzt, aber er war auch nicht gerade sensibel vorgegangen, oder?

Jeden Morgen, wenn ich mit Butler draußen war, hielt ich Ausschau nach dem Fremden. So weit war ich schon, dass ich mich einfach nach ein paar netten Worten sehnte, ganz egal von wem. Grace war freundlich, und ihre gute Laune war unerschütterlich, doch sie hatte wenig Zeit zum Plaudern, und

Millicent tat ihr übriges, dass wir nicht zu lange ungestört zusammenstanden. Ich hatte mich angeboten, beim Kochen zu helfen, aber beide hatten abgelehnt.

Als ich heute Morgen über die feuchten Wiesen stapfte und hoffnungsvoll beobachtete, wie die Sonne sich hinter den Wolken vorkämpfte, kam mir endlich wieder die große, kräftige Gestalt eines Mannes entgegen. Ich erkannte die blaue Wachsjacke und die rötlich schimmernden Haare und hob freudig die Hand. Butler hatte ihn ebenfalls gesehen und sprintete los.

»Hi.« Ich strahlte ihn an wie einen alten Freund.

»Charlotte.« Er sah mein Gesicht und lachte. »Ich muss mich entschuldigen, ich habe mich letztes Mal gar nicht vorgestellt.«

»Ich auch nicht.« Ich sah in sein nettes, freundliches Gesicht, und sofort ging es mir besser.

»Ich weiß. Aber ich bin klar im Vorteil. In einem derart kleinen Dorf macht alles ganz schnell die Runde. Es dauerte gerade mal eine halbe Stunde, um zu wissen, wer Sie sind und was Sie hier machen. Und bis zum Abend hatte ich so viel gehört, dass ich das Gefühl habe, Sie schon lange zu kennen.«

»Aha.« Ich überlegte etwas bange, was er denn gehört hatte.

»Ich bin Dave.« Er streckte mir seine Hand hin. »David Branton, der hiesige Tierarzt.«

»Charlotte Thomson, aber das wissen Sie ja.«

Er lachte. »Grace hat die Nachbarn mit den wichtigsten Informationen versorgt.«

»Die da wären?«

»Dass Sie die Stieftochter von Edward sind und dass Sie für ein paar Monate hierbleiben, um sich um Millie zu kümmern.«

»Drei Monate, um genau zu sein. Bis Weihnachten, so war der Deal.«

»Der Deal, aha.«

»Und das ist alles?« Irgendwie hatte ich das Gefühl, dass die gute Grace sich nicht mit so spärlichen Häppchen begnügte. Schließlich tratschte sie mit meiner Tante gerne und ausführlich über die Dorfbewohner.

»Nun, Sie sind eine nette, patente junge Frau, auch wenn Sie eine fatale Vorliebe für lange Schaumbäder haben. Doch Sie bemühen sich redlich um ihre Tante und kommen wohl ganz gut mit ihr aus.«

»Tatsächlich?« Wie beim letzten Mal gingen wir langsam über die Wiesen.

»Nicht?«

Ich schnaufte. »Ich bemühe mich, aber das war's dann wohl.«

Er sah aufmerksam zu mir herüber. »Was ist denn passiert?«

Ich überlegte kurz, ob es vernünftig wäre, mich einem Fremden anzuvertrauen, doch er war der Einzige, den ich hier kannte und der Interesse an mir zeigte. Und außerdem wirkte er wie jemand, dem man bedingungslos vertrauen konnte. Ich hatte so etwas noch nie gefühlt bei einem Wildfremden, aber Dave schien absolut ehrlich und integer zu sein. Ein Blick in seine offenen grünen Augen, und ich hatte mich entschieden. »Um ganz ehrlich zu sein, ist es furchtbar hier.«

Er sah sich um. »Hier, an diesem wunderschönen Fleckchen Erde?«

»Nein, bei Tante Millicent.«

»In Primrose Cottage?«

»Heißt es so, das Haus?«

»Aber natürlich. Wussten Sie das nicht?«

Ich schüttelte frustriert den Kopf. »Nein.«

Dave zeigte auf ein paar große Findlinge am Ende der Wiese. »Kommen Sie, Charlotte, setzen wir uns einen Moment, und dann erzählen Sie mal.«

»Und dann sitzen wir da, und ich lese ihr aus ›Jane Eyre‹ vor. Und wissen Sie was? Das macht sie mit Absicht! Damit ich sehe, dass ich Jane bin.«

Er lachte. »Und Millie ist die böse Tante, die ihre junge Verwandte schlecht behandelt?«

»Ganz genau. Das bin ich, eine geduldete Verwandte.«

»Und nun warten Sie darauf, dass Mr Rochester kommt und Sie rettet?«

Ich schluckte, doch es war schon zu spät. Ich war es nicht gewohnt, alleine zu sein, geduldet, nicht geliebt. Ich war es nicht gewohnt, nicht gemocht zu werden. Und Josh machte keinerlei Anstalten, mich hier wegzuholen. Ehe ich es verhindern konnte, begann ich zu schluchzen.

»Charlotte!« Daves Stimme klang bestürzt. Und dann legte er einfach einen Arm um mich, zog mich an sich und begann, mir sachte den Rücken zu klopfen. »Ist schon gut. Lass es raus.«

Ich wollte es nicht rauslassen. Wenn ich jetzt damit anfing, dann wäre es hinterher nur noch schlimmer. Wenn ich alles aussprach, was mich hier beschäftigte, dann würde es real werden.

»Geht schon. Es ist einfach schwierig mit ihr. Ich kann ihr nichts recht machen.«

»Das wird. Ihr braucht einfach etwas Zeit.«

Ich brauchte einfach etwas Zeit in seinem Armen, schoss es mir durch den Kopf. Seine Jacke roch gut, nach Tieren oder so, und seine Arme waren kräftig und tröstlich. Oh ja, ich vermisste es, in den Arm genommen zu werden. Ich vermisste Josh neben mir, wenn ich in diesem gigantischen Himmelbett lag. Ich vermisste einen Menschen, der lachte, wenn ich das Zimmer betrat, und sich freute, dass es mich gab.

Dave ließ mich einfach schniefen. Erst als er merkte, dass ich langsam wieder ruhiger wurde, lockerte er seinen Griff und fast bedauernd löste ich mich von ihm. »Du riechst gut.« Ein letztes Schniefen, wie ein kleines Kind.

Wieder lachte er, ein herzliches, freundliches Lachen. »Nach Kuhstall, fürchte ich. Geht es denn wieder?«

Ich nickte. »Tut mir leid, ich bin normalerweise nicht so. Schon gar nicht bei Fremden.«

»Kein Problem. Also, dann fangen wir noch einmal an: Ich bin Dave. Ich möchte dein Freund sein und dich vor deiner Drachentante beschützen.«

4

Als ich später Primrose Cottage betrat, summte ich leise vor mich hin. Die simple Tatsache, nun einen netten Menschen zu kennen, hatte alles verändert. Ich war Tante Millicent nicht mehr auf Gedeih und Verderben ausgeliefert.

»Was ist denn mit dir los?« Die schnarrende Stimme meiner Tante klang misstrauisch.

»Hallo Tante Millicent. Tut mir leid, dass es länger gedauert hat. Ich habe Dave Branton kennengelernt, und ich fürchte, wir haben bei unserem Gespräch die Zeit aus den Augen verloren.«

»Dave.« Ihre Stimme klang nachdenklich. »Netter Junge. Guter Arzt. Hat ein Händchen für Tiere.«

»Ja.« Und für Menschen.

»Ich dachte schon, du hast dich mit Butler aus dem Staub gemacht.«

Ich musste fast grinsen. »Wo sollte ich denn mit ihm hin?«

»Was weiß ich. Zurück in die Großstadt? Weg von hier, wie alle?«

Ich sah sie nachdenklich an. Tante Millicent hatte keine Kinder. Sie war verheiratet gewesen, aber ihr Mann war früh gestorben, und seither lebte sie alleine. Ihr Bruder, mein Stiefvater, war ein Nachzügler gewesen und etliche Jahre jünger als sie. Er hatte sich ein erfolgreiches Leben aufgebaut, aber der Preis dafür war, dass er nirgends richtig zu Hause war. Er reiste durch die Welt, war eine Weile irgendwo, um dann weiterzuziehen, immer den Geschäften hinterher. Meiner Mutter kam das entgegen, denn auch sie war ein Zugvogel. Seit sie sich kennengelernt hatten, begleitete sie ihn auf seiner rastlosen Reise durch die Welt. Sie waren beide schon einmal verheiratet gewesen, als sie sich kennenlernten, und hatten beide das Gefühl, nun ihr wahres Glück gefunden zu haben. Ich freute mich für sie, auch wenn es hieß, dass wir die meiste Zeit nur per Telefon oder Skype in Verbindung standen. Zum ersten Mal kam mir der Gedanke, dass meine Tante einsam sein könnte.

»Das ist kein Wort.« Der Zeigefinger pochte auf die Plättchen, die ich eben gelegt hatte.

Ich nickte nachdrücklich. »Natürlich ist das ein Wort.« MONOKINI stand da. »Ein Monokini ist eine Mischung aus einem Bikini und einem Badeanzug.«

»Unsinn.«

Ich überlegte, ob ich das Wort zurückziehen sollte, sah dann aber auf das Letzte, das sie gelegt hatte. Ich hatte ihr QUALLIG durchgehen lassen, weil es ja auch GLIBBRIG und SCHLEIMIG gab, wie sie mir erklärte. Und dafür hatte sie vier Punkte mehr ergattert als ich für meinen Monokini. »Ich habe so einen. Soll ich ihn dir mal zeigen?« Das war glatt gelogen. Ich hatte einmal einen angehabt, aber Josh fand, die Dinger wären nicht vorteilhaft für die Hüften.

Sie schnaufte. »Nein, besten Dank.«

Ich grinste und füllte meine Plättchen auf. Wir hatten angefangen, Scrabble zu spielen, und wie es schien, war das eine gute Idee gewesen. Nicht dass Tante Millicent netter oder freundlicher geworden wäre, aber sie schien Spaß zu haben an unseren kleinen Disputen. Sie bemühte sich, stets ein Wort zu finden, das es so gar nicht gab, und mir dann zu erklären, was es hieß. Ich hingegen legte eine Menge Ehrgeiz in den Versuch, sie mit Worten, die es gab, sie aber nicht kannte, zu reizen.

»Du hast nur dieses Modezeug im Kopf. Und dein Telefon.« Schon wieder dieser listige Blick.

Es stimmte. Ich trug zwischenzeitlich mein Handy wie den Heiligen Gral mit mir herum. Wo ich war, lag es stets griffbereit neben mir, um ja keinen Anruf zu verpassen. Oder eine Nachricht. Leider schwieg es noch beharrlich. Wie oft hatte ich früher gestöhnt, weil es unablässig piepste und klingelte. Aber seit ich hier war ... Funkstille. Ich hatte unzählige Male kontrolliert, ob es kaputt war, kein Netz hatte, irgendetwas nicht stimmte. Ich hatte Nachrichten an meine Freunde geschickt, um zu sehen, ob alles ordnungsgemäß funktionierte, und das tat es. Aber die Nachricht, auf die ich wartete, kam nicht. Inzwischen kam so gut wie gar nichts mehr. Selbst Laureen hielt sich zurück. Es war, als wäre ich nicht nur aufs Land gefahren, sondern ganz aus ihrem Leben verschwunden.

»Wie läuft es mit Millie?«

Heute Abend endlich hatte mein Telefon geklingelt, aber leider war nur meine Mutter dran. Na ja, nicht wirklich leider, ich freute mich natürlich, sie zu hören.

»Frag nicht. Ihr habt mich in die Drachenhöhle verbannt.«

Sie lachte. »So schlimm?«

Ich erzählte in aller Ausführlichkeit vom Leben hier in den Cotswolds. »Und es gibt keine Ablenkung. Keine Geschäfte, keine Klubs. Bloß Millicent und ich.«

»Aber Schätzchen, vielleicht ist das gar nicht mal schlecht. In letzter Zeit schienst du mir doch recht angespannt und gehetzt. Gönn dir eine Pause. Mache es wie die Natur. Zieh dich zurück, sammle Kraft.«

»Ziehst du dich zurück? Wo seid ihr denn gerade?«

»Glaub mir, manchmal wünschte ich mir, ein paar Wochen auf dem Land zu sein, am besten irgendwo eingeschneit. Kein Kontakt zur Außenwelt, kein Telefon.«

Hm. Ich nicht.

»Und sonst? Hast du schon was von Josh gehört?«

»Nein. Aber du weißt ja, er hat viel zu tun ...« Ich wollte nicht, dass ihre Stimme so klang, so mitfühlend und – ja wie? So, als wollte sie gar keine positive Antwort bekommen.

»Natürlich. Du wirst sehen, alles entwickelt sich, wie es muss.«

Ich stimmte zu und verabschiedete mich rasch. Ich hatte das Gefühl, dass unsere Meinungen, was genau sein müsste, ziemlich unterschiedlich waren.

Ich versuchte, den Ratschlag meiner Mutter zu beherzigen und die Zeit hier als eine Art Lebens-Entschleunigung zu sehen. Aber ich war es nicht gewohnt, die Stunden einfach verrinnen zu lassen. Mit Josh waren die Tage immer ausgefüllt gewesen. Er konnte einen Tag nicht einfach verstreichen lassen. Mit ihm war ständig Action angesagt, im wahrsten Sinne des Wortes.

Josh war selbst sein bester Kunde. Er hatte ständig etwas Neues im Sinn, was wir ausprobieren mussten. Was hatten wir alles erlebt in den letzten Jahren. Vieles, was mir unheimlich Spaß gemacht hatte, wie die Crime-Dinner oder neue Wellness-Trends. Manches, das ich ziemlich skurril fand, wie diese Fische, die an deinen Füßen knabbern. Und auch einiges, das mir alles abverlangt hatte, wie besagte Fallschirmsprünge oder diese Zipline, wo man an einer Seilrutsche eine Schlucht überqueren musste. Aber Josh war der Meinung, dass man das, was man verkaufen wollte, kennen musste, also hatten wir es getan. Und das Gefühl hinterher war auch unbeschreiblich gewesen. Leider aber auch immer das davor, wenn man im Geschirr hing und sich fragte, ob man noch alle Tassen im Schrank hatte, sich so etwas anzutun.

Wenn gerade nichts Neues anstand, waren wir in Klubs gewesen, bei Geschäftsessen oder ab und zu mal auf einem Shopping-Wochenende. Egal was, nur nicht zu Hause sitzen und langweilig werden. Wir waren jung und mussten stets in Bewegung bleiben.

Nun, wenn man es positiv sehen wollte, dann sparte ich hier eine ganze Menge Geld. Aber ansonsten war ich kurz davor, durchzudrehen. Ich hatte einfach zu viel Zeit für mich. Zeit, die ich füllen musste, um nicht nur dazusitzen und nachzudenken.

Es vergingen wieder drei Tage, ehe ich auf meinem morgendlichen Spaziergang endlich Daves imposante Gestalt wiedersah. Butler spurtete sofort los, um ihn zu begrüßen und an ihm hochzuspringen, und ich hätte es ihm am liebsten nachgetan. Endlich ein Mensch, der mir wohlgesonnen war.

»Charlotte. Wie läuft es?«

Ich tat das, was man bei uns in einer solchen Situation machte: Ich log. »Ganz gut. Wir haben angefangen, Scrabble zu spielen.«

»Okay.«

Ach, zum Teufel mit den Lügen. Wieso durfte man nie sagen, wenn es nicht so lief? »Nein, um ehrlich zu sein, es ist immer noch schrecklich. Ich sitze den ganzen Tag in diesem Haus und hoffe, dass es bald Abend ist. Nur um ins Bett zu gehen und wieder von vorne anzufangen.«

»Wieso bist du nicht mal vorbeigekommen, wenn dir langweilig ist?«

»Bei dir?« Ich war platt. Auf die Idee wäre ich nie gekommen. Man ging nicht einfach zu einem anderen und sagte, dass das eigene Leben langweilig war.

»Klar bei mir. Ich habe abends Zeit, wenn nicht irgendein Notfall dazwischen kommt. Wir könnten was trinken, in die ›Betrunkene Ente‹, unseren Dorfpub gehen. So was halt.«

So was halt. Wie einfach das klang. Einen Moment schoss es mir durch den Kopf, was unsere Freunde wohl zu Dave sagen würden. Wenn wir uns trafen, ging es immer darum, wie beschäftigt jeder war, was alles anstand, gemacht wurde. Als ob der Wert eines Menschen dadurch bestimmt war, wie wenig Zeit er hatte, wie stressig und ausgefüllt sein Leben war. Von diesen Leuten hatte keiner abends einfach Zeit. Das wäre Versagen gewesen.

»Nun, vielleicht könnte ich heute mal vorbeikommen?« Ich war vereinsamt genug, um mir keine Gedanken zu machen. Außerdem schien er die Regeln nicht zu kennen.

»Klar, mach das. Mein Haus ist das kleine am Ende der Church Lane. Bei der Kirche biegst du rechts ab, dann kannst du es nicht verfehlen.«

»Super.« Ich hätte am liebsten gesabbert wie Butler.

»So, Schluss jetzt.« Er sprach zu eben jenem, und plötzlich war das Tier ruhig.

»Wie machst du das bloß? Ich bringe ihn nie dazu, das zu tun, was ich will.«

Dave sah auf. »Du kennst dich nicht wirklich aus mit Hunden?«

Ich zuckte die Schultern.

»Wenn du heute kommst, verrate ich dir ein paar Tricks.«

»Super.« Ich sagte nicht, dass ich sogar gekommen wäre, um mit ihm den Rosenkranz zu beten. Hauptsache, einen Abend weg von Millicent und ihrem ewig hämmernden Stock.

5

Daves Haus zu finden, war einfach. Mal ehrlich, in diesem kleinen Kaff hier hätte ich auch einfach an jede Tür klopfen können und nach ihm fragen, und hätte es trotzdem innerhalb einer halben Stunde gefunden. Aber ich folgte einfach seinen Anweisungen und war im Nu dort.

Das Haus selbst war tatsächlich ziemlich klein und verwinkelt, zumindest im Vergleich mit Tante Millicents Cottage. Doch da es deutlich weniger Zimmer hatte als Primrose Cottage, waren die einzelnen Räume dennoch einigermaßen groß. Wir setzten uns in die überraschend großzügige Küche, wo ein einladender Holztisch und vier bunt zusammengewürfelte Stühle standen. Und ein kleines Sofa.

»Du hast ein Sofa in der Küche?«

Dave zuckte die Schultern. »Ich bin gerne in diesem Raum. Er hat etwas Gemütliches, und der Weg zum Kühlschrank ist nicht so weit. Warte, ich zeige dir das restliche Haus.«

Die Besichtigung ging ziemlich rasch. Das Wohnzimmer war nicht viel größer als die Küche. An den Wänden waren Bücherregale, vollgestopft bis obenhin. Ein Sessel vor dem Kamin, ein zweites, etwas größeres Sofa. Ein großer Fernseher hing an der einzigen freien Wand. Es gab eine Tür, die wohl in den Garten führte, und daneben ein Fenster mit einem breiten Sims, auf dem noch mehr Bücher lagen. Die Möbel waren keine Designerstücke, und sie waren nicht passend aufeinander abgestimmt, aber ich mochte es dennoch. Es hatte Charme. Es war Chabby-Chic auf eine unangestrengte Art.

Dann stiegen wir eine schmale Holztreppe hinauf in den oberen Stock. Auch hier war alles eher schlicht. Weiße Wände, alte, aber gepflegte Holzdielen. Die erste Tür stand offen und führte in sein Schlafzimmer. Ich warf einen raschen Blick hinein, ohne es zu betreten. Auch hier ein schwerer, alter Holzschrank mit wunderschönen Schnitzereien, und ein Bett. Über einem Peddigrohrsessel lag nachlässig ein kariertes Flanellhemd.

Die andere Tür führte ins Badezimmer. Auch hier lagen alte Holzdielen, und in der Ecke stand tatsächlich eine Badewanne mit Löwenfüßen. Ich war begeistert. Wie auch der Rest des Hauses strahlte alles einen so altmodischen Charme aus, und irgendwie passte es zu ihm. Ich gebe zu, dass ich wirklich gerne in der Badewanne lag, am besten mit einem schönen Buch. Hier hätte ich nur zu gerne mal einen Nachmittag verbracht. Unser eigenes Bad war supermodern, mit einer Tropendusche, zwei Waschbecken, einer Eckbadewanne und allem Komfort, den man für Geld kaufen konnte. Aber plötzlich wünschte ich mir so eines – weniger Chrom und dafür mehr Charakter.

»Und da ist die Speisekammer?« Erst als wir wieder zurück in der Küche waren, fiel mir auf, dass es neben dem Herd noch eine Tür gab.

»Nein. Da ist meine Praxis. Komm.« Er öffnete die schwere Holztür, und ich folgte ihm neugierig. »Das ist ein Anbau, den ich habe machen lassen.«

Es war nicht zu übersehen, dass dieser Teil des Hauses erst später entstanden war. Zwar hatte man sich bemüht, den ursprünglichen Baustil beizubehalten, dennoch war es hier gerader, heller – und vor allem moderner. Es blitzte und glänzte, und Chrom oder Edelstahl gab es hier massenhaft. Der kleine Vorraum mit dem Empfangstresen hatte einen zweiten Zugang; ich vermutete, dass man hier direkt von der Straße die Praxis betreten konnte. Links war ein Wartezimmer, daneben zwei kleine Behandlungsräume.

»Sie ist nicht besonders groß, aber hier draußen braucht man das auch nicht. Meistens bin ich unterwegs bei den Farmern, und mit Kühen und Schafen kommt keiner hierher. Und für die paar Meerschweinchen und Hunde reicht es.« Er hob fast entschuldigend die Schultern, aber ich sah dennoch den

Stolz in seinen Augen.

»Wieso hast du eigentlich keine Tiere? Ich dachte, alle Tierärzte hätten Haustiere.«

»Ich hatte eines, einen Hund. Jappo, übrigens auch ein Labrador wie Butler. Nur sein Fell war heller.«

»Oh.« Ich musste gar nicht fragen, was mit Jappo passiert war.

»Nun, er war alt, und mir lange Jahre ein treuer Freund gewesen. Irgendwann wird die Zeit reif sein für einen neuen.« Einen Moment starrte er vor sich hin, dann hellte sich sein Gesicht auf. »Das ist ein Teil des Lebens. Wie wäre es mit einem Glas Wein?«

»Gerne.« Tante Millicent trank zwar jeden Abend einen Sherry, aber ich mochte das nicht, und etwas anderes war mir noch nie angeboten worden.

Ich merkte schnell, dass es einfach war, mit Dave einen schönen Abend zu verbringen. Er war erfrischend ehrlich, ganz unkompliziert und überhaupt völlig anders als unsere Freunde in Bristol. Er sprach zwar über seine Arbeit, allerdings nicht, um zu betonen, wie stressig es war oder wie viel er verdiente. Er erzählte von seinem Alltag, den Besuchen bei den Landwirten, den Tieren, die in seine Praxis kamen, und aus jedem Wort klang die Liebe zu seinem Beruf mit.

»Ich rede und rede«, er lachte. »Was ist mit dir, Charlotte?«

»Ich arbeite in einer Eventagentur.«

»Und was treibt ihr da?«

»Wir haben alles im Programm, was du dir in deiner Freizeit vorstellen kannst. Rafting, Klettern, Fallschirmsprünge ... Wünsch dir was, wir organisieren es für dich.«

»Ich fürchte, da wäre ich nicht der Richtige. In meiner Freizeit gehe ich lieber spazieren oder lese ein gutes Buch.«

»Und ich hätte gedacht, dass ich dich mit einem echten Naturabenteuer locken kann.«

»Ich brauche kein Abenteuer. Die Natur genießt man am besten ganz in Ruhe, das ist jedenfalls meine Meinung. Stehst du denn auf diese ganze Action?«

Ich dachte einen Moment nach. Ja, anfangs war es großartig gewesen und beängstigend, doch in letzter Zeit hatte ich mir öfters gewünscht, einfach mal einen Sonntag gemütlich zu Hause verbringen zu dürfen. »Es sind Erfahrungen, die man nicht missen möchte. Aber ich gebe zu, dass manche Sachen doch etwas zu heftig für mich sind.«

»Wie kannst du das miteinander in Einklang bringen, deinen Job und die Zeit hier?«

»Eigentlich gar nicht. Deshalb habe ich eine Pause eingelegt. Bis Weihnachten. Anfang des neuen Jahres werde ich wieder in Bristol sein.« Oder auch früher, wenn alles so klappte, wie ich mir wünschte.

»Dann haben wir nur drei Monate Zeit, um uns kennenzulernen? Fangen wir besser gleich damit an.«

Wir begannen ganz vorsichtig. Wohnst du schon immer hier, wolltest du schon immer mit Tieren arbeiten, solche Sachen. Ich wollte nicht, dass Dave mir zu persönliche Fragen stellte, und vermied es deshalb, selbst in diese Richtung zu gehen.

»Und dann hat man mir ›The Pippins‹ angeboten, ich habe zugegriffen, und damit hat sich mein Schicksal besiegelt, für immer hierzubleiben.«

Ich verschluckte mich beinahe an meinem Wein. »Dein Haus heißt ›The Pippins‹? ›Toller Typ‹?«

»Nun, nomen est omen, sagt man doch. Ich wusste sofort, dass wir zusammengehören.« Er streckte sich und klopfte sich lachend auf die Schulter. »Nein, ernsthaft, den Namen habe ich nicht ausgesucht. Aber die alte Lady, der es gehörte, wünschte sich, dass der Name bleibt. Und es wäre auch unmöglich, ihn zu ändern, weil alle in der Gegend es seit jeher so nennen.«

»Und vielleicht passt er ja wirklich.« Der Wein hatte mich entspannt, und der Abend mit ihm war zu schön gewesen. Ich hätte ihn gerne gefragt, weshalb er allein lebte, aber dann musste ich mit einer Gegenfrage rechnen. Und wie ich die beantworten sollte, wusste ich nicht.

»Auf alle Fälle danke für den schönen Abend. Ich sollte mal langsam wieder nach meiner Tante sehen.«

Dave stand auf. »Gut, gehen wir. Aber du wirst in Zukunft öfters vorbeischauen, versprochen? Hier bist du jederzeit willkommen. Ich kann doch nicht zulassen, dass du schlecht von uns denkst und allen deinen Freunden erzählst, wir hätten dich hilflos deiner Tante ausgeliefert.«

6

Die Tatsache, nun einen Freund zu haben, war das eine. Meine Tante leider das andere. Sie schien es nicht zu kümmern, wie es mir ging, oder ob ich ab und zu einmal ein paar nette Worte hören wollte. Wir beide blieben bei unserem Tagesablauf: Frühstück, ein paar unfreundliche Worte, Vorlesen, wieder unfreundliche Worte, Scrabble, Streit über die Wörter, Tee, ein paar abfällige Bemerkungen, Abendessen, Bett, durchatmen. Ich war dankbar, dass es Butler gab, denn er gab mir einen guten Grund, Primrose Cottage zweimal am Tag verlassen zu müssen.

»Und, wie läuft es mit der Drachentante?« Daves Lachen und sein üblicher Begrüßungssatz waren eine wahre Freude für mich. Ich stand extra früh auf, um ihn auf seinem morgendlichen Gang zu erwischen.

»Frag nicht. Wir sind fertig mit ›Jane Eyre‹ und haben auf Befehl meiner Tante mit ›Sturmhöhe‹ begonnen. Ich schwöre dir, das überlebe ich nicht. Das Buch an sich ist schon deprimierend genug, aber es ihr vorzulesen ...«

»Wieso sagst du es ihr nicht einfach?«

Ja, wieso eigentlich nicht? Weil ich, wie immer, gefallen wollte. Weil ich wollte, dass sie mich mochte oder doch wenigstens schätzte.

»Ich kann nicht. Und ihr scheint es zu gefallen. Sie zieht eine eigentümliche Befriedigung daraus, zu hören, wie schlecht Heathcliff behandelt wird. Vielleicht will sie ja auch noch ein paar Anregungen finden.«

Dave lachte noch immer. »Du musst lernen, dich durchzusetzen. Es ist wie mit Butler. Da wird es doch auch langsam besser, oder?«

Ich nickte. Dave hatte sein Versprechen gehalten und mir ein paar Tipps gegeben. »Versuche, ruhig mit ihm zu reden. Ruhig und bestimmt. Dieses aufgeregte Rufen, damit kann er nichts anfangen. Hunde hören auf den Klang deiner Stimme. Versuche, den gleichen Befehl immer im gleichen Tonfall zu geben. Und sei konsequent. Du bestimmst, nicht er.«

Er wäre übertrieben zu sagen, dass ich den Hund voll im Griff hatte, aber wir kamen der Sache schon näher. Er hatte begriffen, dass ich es war, die mit ihm hinausging, und das schien mir seine Sympathie zu sichern.

»Hast du nicht ein paar gute Tipps, um Tante Millicent zu zähmen?«

»Gib ihr Zeit. Sie ist eine alte, misstrauische Person. Wenn sie dich richtig kennt, wird sie merken, was sie an dir hat.«

»Du magst sie.« Ich war selbst überrascht, als ich es erkannte. »Ernsthaft, du magst die alte Dame, oder?«

»Ja, das tue ich. Ich kenne sie als ehrlich und direkt, aber sie hat Anstand und Humor.«

»Humor? Na, den hat sie bisher gut vor mir verborgen.«

»Ihr zwei werdet schon noch miteinander klarkommen. Vielleicht hat sie Angst, sich zu sehr an dich zu gewöhnen, und dann gehst du wieder?«

Ich dachte über seine Worte nach. Nun, wenn das der Grund war, dann machte sie es mir wahrlich leicht, so schnell wie möglich einfach zu gehen.

»Wenn sie doch nur einmal etwas sagen würde, das nicht böse oder verbittert oder enttäuscht klingt. Ich meine, ich bemühe mich wirklich, ihr alles recht zu machen.«

Dave sah mich nachdenklich an, schien jedoch nichts mehr sagen zu wollen. Erst kurz bevor wir das Dorf erreichten, machte er den Mund noch mal auf.

»Charlotte, wie sieht es aus, willst du heute Abend in die ›Ente‹ mitkommen? Ich treffe mich immer mittwochs mit Sean und Lucy auf eine Runde Darts.«

»Klar.«

»Gut. Ich werde dich abholen, gegen halb neun. Und nun Kopf hoch und frohen Mutes auf in die Schlacht.«

Ich hörte sein Lachen noch, als ich bereits an der Haustür war.

Tante Millicent runzelte nur abfällig die Stirn, als ich später froh gestimmt das Wohnzimmer betrat. Ich weiß, es war nur eine Runde Darts im Dorfpub, aber ich konnte nicht anders. Ich ging aus, und das musste man würdigen. Also hatte ich mich in meine teuersten Jeans geschmissen, mein Lieblingsshirt angezogen und mir einige Mühe mit Haaren und Make- up gegeben. Zum ersten Mal, seit ich hier war, hatte ich mein Glätteisen ausgepackt, und nun glänzten meine Haare ganz wunderbar.

»Schönen Abend. Ich hoffe, du kommst zurecht. Wenn was ist, ich habe mein Handy dabei.«

»Ich bin kein Kleinkind.« Sie brummelte noch etwas, aber ich hörte nicht zu. Diesen Abend sollte sie mir nicht kaputt machen.

Dave klopfte pünktlich an die Tür, und ich beeilte mich, ihm zu öffnen. »Startklar. Wir können direkt los.«

»Hi Charlotte. Ich gehe nur kurz und sag Millie Hallo.« Er war schon an mir vorbei, und seufzend folgte ich ihm. Als ich das Wohnzimmer erreichte, sah ich mit Verwunderung zweierlei: Erstens Dave, der sich über meine Tante gebeugt hatte und sie auf die Wange küsste, und zweitens meine Tante, die selig lächelte. Einen Moment betrachtete ich verwundert ihr Gesicht. Wie vollkommen anders es aussah, wenn sie nicht so griesgrämig dreinblickte.

»Ich hoffe, du hast nichts dagegen, dass ich dir Charlotte entführe.«

»Geht schon, ihr jungen Leute braucht auch mal Zeit für euch.« Millie winkte mit der Hand, eine ungeduldige Geste, doch ihr Gesicht blieb mild.

»Sie ist ein gutes Mädchen, das weißt du hoffentlich?« Dave sah kurz zu mir hinüber.

»Ja, ja. Und nun los mit euch, damit ich ins Bett kann.«

»Wie machst du das? Ich meine, wieso ist sie bei dir so zahm?« Ich ging neben Dave durch den Nieselregen, der uns heute bereits den ganzen Tag begleitete und wahrscheinlich meine ganze Haarpracht ruinieren würde.

»Ich mag sie. Das ist alles.«

Ja, und sie mochte ihn. Sie war reizend zu ihm gewesen. Keine Kunst, da nett zu sein. Doch ich wollte heute Abend nicht mehr von Millicent reden. »Erzähl mir von deinen Freunden, die wir treffen.«

»Sean und Lucy? Wir sind zusammen zur Schule gegangen. Inzwischen sind die beiden verheiratet. Sie haben eine Farm, und Lucy erwartet im Frühling ihr erstes Kind.«

Ich dachte über diese Informationen nach. Nicht wirklich viele Schnittstellen zu meinem Leben.

»Lucy wird dir gefallen. Sie ist eine witzige Person, und sie sieht immer nur das Positive. Sie hat übrigens mal eine Weile als Mädchen für alles in einer Moderedaktion gearbeitet.«

»Ehrlich?« Na, da hätten wir doch ein Thema. »Wieso hat sie aufgehört?«

»Sie meinte, dieser oberflächliche Zirkus wäre nichts für sie. Und den Rindern und Schafen ist es egal, wie sie aussieht.« Oder auch nicht. Gemeinsames Thema, meine ich.

Die »Betrunkene Ente« war gut besucht für einen Mittwoch, und Dave wurde von allen Seiten mit begeisterten Rufen, Schlägen auf die Schulter oder einer erhobenen Hand begrüßt. Ich ging etwas schüchtern neben ihm her. Es war seltsam hier, weil alle sich zu kennen schienen. Es war, als ob man in eine private Party geplatzt war.

Dave schob mich sanft durch die Menge ins Nebenzimmer. An einem kleinen Tisch saß ein Paar, auf das wir direkt zusteuerten.

»Das sind Sean und Lucy. Hallo ihr zwei, das hier ist Charlotte.«

Vor Überraschung hätte ich beinahe meine Erziehung vergessen. Ich hatte mich darauf eingestellt, mit zwei Landwirten den Abend zu verbringen. Und nun stand ich vor ... Lucy und Sean. Mein Gott, was hätten die beiden in Bristol für Furore gesorgt.

Lucy sah, ich kann es nicht anders sagen, umwerfend aus. Sie hatte ihre langen haselnussfarbenen Locken zu einem nachlässigen Knoten zusammengesteckt und trug außer etwas Mascara keine Schminke. Aber wieso auch? Hätte ich diese Haut, ich würde mir auch nichts daraufschmieren. Es war nicht so, dass Lucy unglaublich hübsch war. Sie war ... lebendig. Sie strahlte eine solche Energie und Lebensfreude aus, dass man sich sofort gut fühlte. Sie sah aus, als wäre sie frisch geschrubbt, falls jemand versteht, was ich meine. Unter ihrer Latzhose wölbte sich bereits der Bauch, und ich wünschte mir plötzlich, dass sie mich ja nett finden sollte.

Sean war sozusagen das männliche Gegenstück. Groß und mit breiten Schultern ausgestattet, die noch eindrucksvoller wirkten, weil er zu den Hüften hin so schmal wurde. Schwarze, leicht gewellte Haare und ein entschlossenes Kinn. Meine Freundinnen würden ihn als »kernig« bezeichnen und dann dahinschmelzen. Er sah aus wie ein Mann, der seine Frau mühelos durch das Leben trug, wenn es sein musste sogar auf einer Hand.

»Ich besorg uns was zu trinken. Bier?« Sean sah

mich an.

»Bier wäre prima.« Ich nickte lächelnd und setzte mich zu Lucy.

»Du bist als die berühmte Charlotte? Ich hab schon viel von dir gehört.«

»Ach ja?« Ich sah zu Dave, der mal wieder abwehrend die Hände hob.

»Nein, nicht von ihm. Dave ist nicht gerade ein Quell an Informationen, was sehr schade ist, denn schließlich kommt er in viele Häuser.«

»Und es wäre meinem Ruf nicht zuträglich, wenn ich alles, was ich erlebe, brühwarm weitererzähle.«

»Nein, Grace versorgt uns mit Informationen. In so einer kleinen Gemeinde wie der unseren lechzen alle nach etwas Ablenkung und Neuem.«

»So spannend bin ich doch gar nicht.«

»Oh, du machst deine Sache gut. Die einsamen Spaziergänge mit dem Hund, und sonst bekommt dich niemand zu Gesicht. Das macht dich geheimnisvoll.«

Geheimnisvoll! Geheimnisvoll hatte mich noch nie jemand genannt.

»Obwohl, in letzter Zeit bist du ja nicht mehr alleine.« Sie lächelte Dave frech an.

»Ich sorge nur dafür, dass sie sich nicht so einsam fühlt. Schließlich hat sich von euch noch niemand um sie gekümmert.«

»Da hast du recht. Das werden wir jetzt ändern, was? Herzlichen Glückwunsch, Charlotte, ab jetzt wirst du ein Teil des aufregenden Lebens hier sein.« Sie lachte. »Also, erzähl, Charlotte, was treibst du, wenn du nicht auf dem Land versauerst?«

Ich erzählte also wieder. Wie vorher bei Dave beschränkte ich mich auf meinen Job. Zum Glück war ich nicht einfach eine Sekretärin, denn dann wäre schnell aufgefallen, dass ich nicht wirklich mit Informationen herausrücken wollte. Aber was sollte ich sagen? Ich habe mich gerade aus Versehen von meinem Freund getrennt und warte nun darauf, dass er mich holen kommt? Den Streit unterschlagen und sagen, dass mein Freund in Bristol sehnsüchtig auf mich wartete? Oder aber sagen, dass ich momentan gar keinen Freund hatte? Nein, das durfte ich nicht einmal denken.

Also zog ich erneut die volle Adrenalinnummer durch, erzählte von unseren Angeboten und was ich alles getestet hatte, und sicherte mir so die volle Aufmerksamkeit und den Respekt der beiden.

»Krass. Das hätte ich nie gemacht.« Lucy hatte mit großen Augen zugehört und lehnte sich nun zurück. »Mir wird schon schlecht, wenn ich schaukle. Und mit wem unternimmst du all diese aufregenden Dinge? Gibt es da einen aufregenden Mann, der auf dich wartet?«

»Lucy, du fragst schon wieder zu viel.« Dave stand auf und zog mich mit sich. »Und jetzt will ich endlich ein paar Pfeile werfen.«

Ich wollte keine Pfeile werfen, aber noch weniger wollte ich mich Lucys Fragen stellen. Ich sag es jetzt mal so: Darts war nicht in unserem Portfolio, ergo hatte ich es noch nie machen müssen. Dementsprechend stellte ich mich auch an. Ich traf die Scheibe, das schon, doch ich hatte keine Ahnung, was ich da tat. Ich wusste nicht, wieso die Männer manchmal jubelten und dann wieder aufstöhnten, wenn ich traf. Keiner hatte mir erklärt, dass es ein kompliziertes Zählsystem gab, nach dem man spielte, und dass man am Ende nicht über eine bestimmte Punktzahl kommen durfte, um zu gewinnen.

»Gib zu, Charlotte, du hast keine Ahnung, was du hier tust.« Dave lachte, als er mir mitteilte, dass ich schon wieder das falsche Feld getroffen hatte. »Also, ich erkläre es dir noch einmal.«

Diesmal winkte ich ab. »Spielt ihr beiden alleine weiter. Ich werd mich zu Lucy setzen, dann kann sie mir vielleicht beibringen, worum es geht.«

Auch Lucy hatte bemerkt, dass ich absoluter Neuling in diesem Spiel war. »Wenn du hier aufwächst, hast du nicht viel Auswahl. Also gehst du in das Pub und spielst Darts. Mach dir nichts draus, so toll ist es auch nicht.«

Eine Weile sahen wir den beiden zu, und ich versuchte, mitzurechnen. Gar nicht so einfach. Also gab ich auf und betrachtete einfach die beiden Männer, die offensichtlich viel Spaß hatten.

Keine Frage, Sean war ein Sahneschnittchen, das war mir sofort aufgefallen. Nun jedoch bemerkte ich mit Verwunderung, dass sich Dave gar nicht so schlecht ausnahm neben ihm. Er war wie eine mit einem Soft-Filter bearbeitete Version. Nicht ganz so groß, nicht ganz so breit in den Schultern, nicht ganz so schmal in den Hüften. Doch diese kleinen Unterschiede wirkten sich gar nicht zu seinem Nachteil aus. Er sah nahbarer aus als Sean, war aber dennoch ziemlich attraktiv. Wenn man auf diesen Typ Mann stand.

»Was hat Dave dir von sich erzählt?« Lucys neugierige Augen hingen auf mir. Ich zuckte lässig mit den Schultern.

»Nicht viel. Dass er Tierarzt ist und schon immer sein wollte. Dass er hier aufgewachsen ist ... Was man Fremden eben erzählt.«

Lucy beugte sich näher zu mir, und ihre Augen funkelten. »Er hat dir nichts von Eve erzählt?«

Eve? »Äh, nein.«

»Also, pass auf: Eve ist oder war seine Freundin. Sie ist ebenfalls hier aufgewachsen, und sie war schon immer etwas Besonderes. Ziemlich schlau. Sie hat studiert, ebenfalls Medizin, allerdings Allgemeinmedizin, nicht Veterinär. Alles lief super, bis sie Ende letzten Jahres dieses Jobangebot bekommen hat. Sie wollte, dass Dave mit ihr geht, nach Schottland. Es wäre möglich gewesen, als Tierarzt hätte er dort genauso gut arbeiten können wie hier. Aber er blieb, und sie ist alleine gegangen.«

»Okay.« Ich sah unsicher zu den beiden Männern hinüber. Wenn Dave wollte, dass ich das wusste, dann hätte er es mir erzählt, oder?

»Seither herrscht Funkstille. Am Anfang war er ziemlich geknickt, und wir dachten, er bricht hier doch noch alle Zelte ab und geht zu ihr. Inzwischen sind wir uns nicht mehr so sicher. Ab und zu lässt er in einen Nebensatz einfließen, dass er von ihr gehört hat. Im Sommer war er eine Woche dort. Alles ziemlich nebulös. Hier im Ort ist man der Meinung, dass es das war, und die Frauenwelt hat die Jagd auf ihn eröffnet.«

»Und du hast ihn nie gefragt, was Sache ist?« Ziemlich schwer vorstellbar, denn Lucy war für meinen Geschmack etwas zu direkt.

»Das ist Dave! Da kannst du fragen, was du willst, wenn er keine Lust hat, dann erfährst du nichts. Also, wenn er dir gegenüber zufällig mal was erwähnt ...«

Ich sah noch einmal hinüber. Ging es Dave wie mir? Hing er ebenfalls in einer Beziehungspause fest und wartete, dass endlich wieder Bewegung ins Spiel kam? Vielleicht war das der Grund, wieso ich ihn von Anfang an so gemocht hatte – weil ich spürte, dass uns etwas verband.

7

Ich dachte an diesem Abend lange nach über die Geschichte. Wenn es stimmte, was Lucy erzählte, Gott, dann tat er mir leid. Fast ein Jahr! Fast ein Jahr warten und hoffen und bangen. Ich war erst seit drei Wochen hier, und schon jetzt war ich am Ende. Vor 34 Tagen hatte ich Josh zum letzten Mal gesehen, zum letzten Mal mit ihm geredet, ihn zum letzten Mal berührt. Ein Jahr, das waren 365 Tage. Unvorstellbar.

Und dann kam mir plötzlich der Gedanke, und ich lag in meinem Bett und grinste. Schlagartig wusste ich, was ich mit meiner Zeit hier anstellen musste. Ich würde sie nutzen, um mich umfassend darauf vorzubereiten, Josh wiederzusehen. Denn auch das wusste ich nun mit Sicherheit: Ich würde ihn wiedersehen. Er würde kommen, um mich zu holen. Ich hatte so eine Art Vision: Ich stand in Tante Millicents Wohnzimmer, der Weihnachtsbaum funkelte und glänzte prächtig, und ich trug ein neues rotes Kleid. Es klingelte, und ich ging zur Tür. Und da stand Josh, das Gesicht voller Liebe, und holte mich zurück. Zurück in mein Leben, zurück in seine Arme. Zufrieden schlief ich ein.

Am nächsten Tag machte ich einen Extra-Spaziergang mit Butler. Lucy hatte mir erklärt, wo ihre Farm lag, und ich ging beschwingt den beschriebenen Weg. Sie hatte mehrfach gesagt, dass ich einfach mal vorbeikommen solle, und das würde ich tun. Um mein Vorhaben umzusetzen, brauchte ich nämlich noch ein paar Informationen.

Mein Plan, mein genialer Plan, war nämlich, dass ich und Dave uns gegenseitig coachen würden. Wir würden unsere Schwachstellen aufdecken und daran arbeiten. Wir würden uns helfen, ein besserer Partner zu werden, und so unsere jeweiligen Beziehungen retten und zu etwas Besonderem machen. Und wir würden auch noch Spaß dabei haben.

Nicht dass ich vorhatte, Dave das zu sagen. Er war gestern Abend ziemlich misstrauisch gewesen, was Lucy mir alles erzählt hatte, aber ich hatte ihn beruhigt.

»Sachen von Leuten, die hier wohnen und die ich nicht kenne. Ich kann mich nicht mal mehr an alle Namen erinnern.«

Er hatte genickt, doch sein misstrauischer Ausdruck war nicht ganz gewichen. Ich würde also vorsichtig zu Werke gehen müssen. Subtil, doch das war kein Problem. Er würde gar nicht merken, dass ich einen neuen, verbesserten Dave aus ihm machte. Und er würde ganz nebenbei mir helfen. Ich war noch nie so gut gelaunt gewesen, seit ich Primrose Cottage bezogen hatte.

Lucy war mit Papierkram beschäftigt, als ich kam.

»Charlotte, wie schön. Du kommst genau im richtigen Moment. Ich mache uns einen Tee.«

Und dann begann sie, wie ich es erhofft hatte, zu erzählen. Ich musste gar nicht viel tun, nur ab und zu das Gespräch sanft in die richtige Richtung zu lenken.

»Also, Eve und Dave, die waren schon seit der Schulzeit zusammen. Hat gepasst, das dachten wir alle. Aber plötzlich war es anders. Als sie nach dem Studium zurückkamen, war es bereits zu sehen. Eve war nicht mehr die brillante, aber recht unscheinbare kleine Dorfpflanze. Es war ihr hier zu eng. Dennoch hat sie es versucht, ich schätze mal wegen Dave. Sie hat einen Job angenommen, drüben in Oxford. War 'ne ganz nette Fahrerei, wenn man bedenkt, dass sie hier in der Gegend hätte praktizieren können.« Sie machte eine kurze Pause und nahm einen Schluck Tee. »Sie hat dann irgendwann dort ein Zimmer genommen, und wenn es spät wurde, blieb sie über Nacht. Es wurde immer häufiger spät, und irgendwann kam dann das Angebot, nach Edinburgh zu gehen. Das war ja nun definitiv zu weit zum Pendeln.«

Lucy war nun richtig in Fahrt, und ich nutzte das schamlos aus. »Was für ein Mensch ist Eve?«

»Eve? Schlau und zäh. Keine Schönheit, normal eben. Aber nach dem Studium war sie anders. Sie legte mehr Wert auf Klamotten und Frisuren. Sie hat das Beste aus sich gemacht, denke ich. Aber hier ...« Sie lachte. »Hier ist nicht gerade das Modemekka. Sie fiel plötzlich auf. Wenn wir in die ›Ente‹ gingen, trug sie hohe Schuhe.« Wieder lachte sie. Dann sah sie auf meine Stiefel und bemerkte schnell: »Bei dir ist es was anderes. Du bist nicht von hier. Aber bei Eve war es seltsam. Wir waren ein paar Mal zusammen einkaufen, und das war ein echter Spaß. Sie hat versucht, mir einen neuen Look zu verpassen, aber im Ernst, ich brauche keine schicken Kleider.«

Ich nickte und überdachte alle Informationen, die ich eben erhalten hatte. Eve klang sehr sympathisch. Sie klang, um ehrlich zu sein, ein wenig wie ich. Auch ich war früher immer die Unscheinbare gewesen. Nicht hässlich, aber auch keine Schönheit. Und dann war Josh in mein Leben getreten, oder ich in seines. Er hatte mir gezeigt, was ich sein konnte. Durch seine Hilfe war ich zu der Frau geworden, die ich war. Ich konnte mir vorstellen, wie Eve versucht hatte, Dave etwas aufzupolieren, seine Attraktivität hervorzustreichen. Ich kannte ihn nur in Flanellhemden und warmen Pullis. Das war etwas, das man ändern konnte.

Tante Millicent war nicht sehr erfreut, dass ich an diesem Abend schon wieder ausgehen wollte. Warum sie sich daran störte, wusste ich nicht; sie ging sowieso immer früh zu Bett, und ich saß dann alleine hier herum. Nun, von heute an nicht mehr. Es waren nur noch gute zwei Monate bis Weihnachten, also würden Dave und ich viel Zeit miteinander verbringen müssen, um das Ziel, die Verbesserung, zu erreichen. Ich konnte es ihr nicht sagen, ich wusste selbst nicht genau, warum mir das plötzlich so wichtig war. Also, meine Veränderung schon, denn sie würde mein Glück mit Josh besiegeln. Dave war mir aber ebenso wichtig. Ich denke, es lag daran, dass ich noch nie einen Menschen getroffen hatte, dem ich mich vom ersten Moment an so verbunden gefühlt habe. Der einfach nur nett war, und in dessen Gegenwart ich mich uneingeschränkt wohlfühlte. Und natürlich, weil er mich angesprochen hatte und mir hier endlich ein soziales Leben bot. Ja, das wäre mein Weihnachtsgeschenk für ihn: Ich würde dafür sorgen, dass er und Eve sich wieder fanden.

»Ich hoffe, ich störe nicht. Ich hatte nur Sehnsucht nach einem freundlichen Gesicht.«

Dave zog lachend die Tür weiter auf. »Nur herein, Charlotte.«

Wir gingen in die Küche. Auf dem Sofa lag eine aufgeschlagene Fachzeitschrift.

»Damit verbringst du deine freie Zeit?«

Er nahm sie und warf sie auf den Tisch. »Ich bin gerne bereit, mich ablenken zu lassen.« Er holte zwei Weingläser und eine Flasche Rotwein. »Also, wie läuft es in Primrose Cottage?«

Ich gab pflichtschuldig eine kurze Zusammenfassung des Tages zum Besten, über die er sich mehr amüsierte als ich.

»Ich fürchte, ich werde noch oft einfach vor deiner Tür stehen.«

»Kein Problem. Ich freue mich über Besuch. Besonders wenn er so reizend ist.«

Ich grinste. Das war ja schon mal ein Anfang. Dave konnte also auch charmant sein. »Hast du am Samstag bereits was vor? Ich würde gerne einkaufen gehen, und ich kenne mich in der Gegend gar nicht aus. Ich dachte, vielleicht hättest du Lust, mich zu begleiten?«

Einen Moment schwächte sich sein Lächeln etwas ab, und ich fürchtete kurz, dass er mir eine Absage erteilen würde.

»Drüben in Witney gibt es ein paar Geschäfte. Oder wir fahren nach Oxford ...«

»Witney hört sich doch ganz hübsch an.« Ich wollte ihn nicht gleich zu Beginn verschrecken. Langsam an die Sache heranführen, das wäre besser.

»Was willst du denn kaufen?«

»Ach, ein paar Kleider, vielleicht eine Tasche. Mal sehen.«

»Dann probieren wir es mit Witney. Wenn wir nichts finden, können wir immer noch nach Oxford.«

Das lief ja besser, als ich gehofft hatte. Ich musste also zusehen, dass ich nicht zu viel fand, und damit einen weiteren Ausflug klarmachen.

»Du warst heute bei Lucy?«

»Ja. Sie hat mich eingeladen, und ich dachte, ich gehe direkt mal vorbei. Du kennst das doch, je länger man wartet, desto mehr Zweifel kommen einem. Soll ich wirklich? Hat sie das ernst gemeint? Ich bin wirklich froh, dass du sie mir vorgestellt hast, Dave.«

»Das freut mich. Aber pass auf, wenn Lucy dir etwas erzählt. Sie hat einen ausgeprägten Hang zu Klatsch, und sie hat zu viel Fantasie.«

»Kein Problem. Wie gesagt, ich kenne hier ja eh keinen.«

Wir schwiegen eine Weile, ein schönes, vertrautes Schweigen.

»Charlotte?« Dave räusperte sich. »Darf ich dich was fragen?«

»Klar.«

»Millie ... Ich weiß, du bist nicht besonders angetan von ihr, aber hast du dir schon überlegt, wie es weitergeht, wenn du weg bist?«

»Wieso? Ich denke, sie kommt ganz gut ohne mich aus. Ich glaube nicht, dass sie mich sehr vermissen wird.«

»Du täuschst dich. Ihr geht es nicht gut. Ich kenne sie besser als du. Sie hat abgebaut. Und sie hat Schmerzen. Es wird schlimmer werden, und sie sollte nicht alleine sein.«

»Ich kann nicht länger bleiben als bis zum Jahresende. Ich habe auch ein Leben, das ich wieder aufnehmen will.«

»Das verstehe ich. Trotzdem, oder gerade deswegen solltet ihr euch rechtzeitig Gedanken machen. Ich bin Tierarzt, aber ich verstehe genug von Medizin, um wissen, worauf alles hinauslaufen wird.«

»Ich werde mit Edward reden. Bestimmt findet er eine gute Betreuung für sie.«

»Edward. Wie geht es ihm? Er war schon lange nicht mehr hier.«

»Du kennst Edward?«

»Natürlich. Ein netter Kerl.«

»Ja, das ist er.«

Wieder schwiegen wir. Eigentlich ging es Dave ja nichts an, aber ich fand es schön, dass er sich Gedanken um meine Tante machte. Normal war das nicht. Ich erinnerte mich daran, dass es im Sommer schon einmal eine Diskussion gegeben hatte wegen Tante

Millicent. Damals hatte Edward zum ersten Mal angedeutet, dass es seiner Schwester nicht gut ginge. Wir saßen alle zusammen in einem schicken Lokal, und Josh hatte eine Weile der Unterhaltung zugehört.

»Sie hat Geld, du hast Geld«, hatte er schließlich gesagt. »Wo ist das Problem? Gib mir einen Tag Zeit, und ich finde den besten Pflegedienst des Landes. Dann kannst du eine qualifizierte Fachkraft anstellen, die sich professionell um sie kümmert.«

Ich hatte ihn bewundernd angesehen. So war Josh, ein Macher. Er hatte immer eine Lösung in der Hinterhand. Allerdings, dachte ich jetzt, wäre ein wenig mehr Mitgefühl vielleicht nicht schlecht gewesen.

Als ich am Samstag in Daves dreckverkrusteten, nicht ganz neuen Pick-up kletterte, war es über Nacht kalt geworden. Ich war aufgeregt, was der Tag bringen würde. Tante Millicent würde ich heute sicher nicht vermissen. Ich hatte ihr gestern extra viel Zeit gewidmet, weil ich ja heute den ganzen Tag unterwegs sein würde, und sie hatte es mir nicht gedankt. Sie hatte mich länger als sonst vorlesen lassen, und Heathcliff und sein Schicksal hatten mich richtiggehend fertiggemacht. Beim Scrabble war sie noch bissiger als sonst gewesen. Es kostete mich jeden Tag mehr Kraft, ihr nicht einfach zu sagen, dass sie eine bösartige alte Hexe war und doch zusehen sollte, was aus ihr wurde.

Witney war jetzt nicht das Einkaufsparadies schlechthin. Es gab Geschäfte, das schon, aber diese führten nicht gerade das, was ich normalerweise kaufte. Bereits nach drei Läden seufzte Dave auf.

»So wie es aussieht, werden wir doch noch nach Oxford müssen, was?«

»Unbedingt. Ich denke nicht, dass ich hier mein Kleid finde.«

»Was suchst du denn? Was Bestimmtes?«

»Ja. Ein rotes Kleid.«

»Welcher Hersteller? Vielleicht können sie es dir bestellen?«

»Ich weiß den Hersteller nicht. Ich weiß nur, wie es aussehen muss.«

»Also hast du es in einer Zeitschrift gesehen?«

»Nein, in einer ... Vision.«

Dave verschluckte sich vor Lachen beinahe an seinem Kaffee. »In einer Vision?«

»Da gibt es nichts zu lachen. Ich habe es gesehen, und ich will es haben.«

»Obwohl du nicht weißt, wo es das gibt, und ob es das überhaupt gibt?«

»Dave.« Ich erwärmte mich zusehends für dieses Gespräch. »Ich erkläre dir jetzt mal was. Bei uns Frauen läuft es so: Wir haben plötzlich ein Bild vor Augen, die perfekten Schuhe, das perfekte Kleid. Wir wissen, dass es das ist, dass wir großartig darin aussehen werden. Wir können es sehen, wir spüren den Stoff auf unserer Haut. Wir fühlen, wie es an unserem Körper hinuntergleitet. Wir können sehen, wie eure Augen aufleuchten, wenn wir in diesem Kleid den Raum betreten. Und deshalb suchen wir so lange, bis wir es endlich gefunden haben.«

»Weil dann unsere Augen aufleuchten?«

»Genau. Weil ihr uns dann anseht und wir wissen, dass wir schön sind.«

»Meinetwegen brauchst du dieses Kleid nicht zu suchen. Ich finde dich auch so schön.«

Ahhh. Das würde doch schwieriger werden als gedacht. Josh hätte mich verstanden. Er legte Wert auf schöne Dinge, und ein attraktives Aussehen gehörte für ihn dazu – bei sich und bei anderen. Er wusste, das richtige Kleid konnte einen Abend retten. Das falsche – nun, das hätte er vorher rigoros aussortiert. Auf Josh und sein Stilgefühl hatte ich mich blind verlassen können. »Aber du magst es doch auch, wenn eine Frau sich für dich hübsch macht?«

»Schon. Aber noch mehr mag ich es, wenn sie mich fragt, wie es mir geht. Ich meine, wirklich fragt, und sich die Antwort auch anhören will. Ich mag es, wenn eine Frau sich für mich interessiert, für mein Leben, meine Träume.«

»Aber das kann sie doch auch in einem schönen

Kleid?«

Er lachte. »Ja, das kann sie. Also, nächsten Samstag fahren wir nach Oxford und suchen dein Kleid.«

8

»Das Wort gibt es nicht!« Tante Millicent klopfte energisch auf meine gerade ausgelegten Plättchen.

»Doch. Ein Peplumshirt ist ein Shirt mit einem Schößchen.«

»Und du hast so was.« Sie schob ihre eigenen Buchstaben hin und her und legte dann aus.

»›Jammerig‹ ist kein Wort.«

»Natürlich ist es das.«

Ich musste zugeben, so langsam fand ich richtig Spaß an unseren Scrabble-Runden. Ich überlegte ständig, welche Wörter ich mal legen könnte, und war mir sicher, dass meine Tante ebenfalls einige Zeit damit verbrachte.

»Ist das auch kein Wort?« Sie hatte »Essen« nachgeschoben.

»Äh, doch.«

»Gut. Übrigens habe ich Dave heute zum Abendessen eingeladen.«

»Du hast Dave eingeladen?«

»Natürlich. Du bist fast jeden Abend dort. Es ist Zeit für eine Gegeneinladung, und wenn du es nicht tust ...«

Ich war baff. Tante Millicent sah mich fast trotzig an. »Und ich möchte auch nicht jeden Abend alleine sein.«

»Aber ... Du gehst doch immer früh ins Bett. Ich dachte, ich sollte dich abends nicht stören. Und außerdem, das ist dein Haus, da kann ich nicht einfach Leute einladen.«

»Dave ist ja nicht irgendjemand. Und du hast mich nie gefragt, was ich abends mache.«

Da hatte sie recht. Ich war einfach nur dankbar gewesen, wenn sie ins Bett ging. Ich fürchtete, wenn ich sie davon abhielt, dann würde ich auch abends noch vorlesen müssen. Der große Fernseher, der in ihrem Wohnzimmer stand, schien reine Dekoration zu sein. Und ja, ich hatte in der letzten Zeit die Abende mit Dave genossen und wollte sie mir nicht von ihr nehmen lassen. Und nun hatte sie auch dafür eine Möglichkeit gefunden. Ich überlegte, wie der Abend wohl sein würde. Eine entspannte, gesellige Runde mit Tante Millicent? Schwer vorstellbar.

»Du wirst es überleben.« Sie schien meine Gedanken zu erraten.

»Ich ... ich freue mich darauf. Ich wusste ja nicht ...«

»Nun, du hast auch nicht gefragt. Früher hatte ich oft abends Besuch zum Essen. Aber seit ich nicht mehr selbst kochen kann, ist es, wie es ist. Ich kann Grace schließlich nicht ständig bitten, auch noch abends zu kommen.«

»Ich könnte kochen.« Das war mir so rausgeplatzt.

»Du?« Schon wieder dieser ungläubige Ton.

»Ja. Ich bin nicht schlecht in der Küche.«

»Dann kannst du das ja heute beweisen.« Sie grinste, und ich wusste, ich war voll in die Falle getappt. »Etwas Einfaches vielleicht. Eine Pie, und Salat?«

»Klar.« Ich hatte zwar an etwas Exotischeres gedacht, ein Currygericht oder so, aber ich würde mir keine Blöße geben. »Ich werde gleich nachsehen, was ich noch einkaufen muss.«

Grace führte eine gut gefüllte Vorratskammer, und das Einzige, was ich besorgen musste, war Fleisch. Grace bot mir außerdem an, den Teig vorzubereiten, doch ich lehnte dankend ab. Tante Millicent würde es herausbekommen, und den Triumph gönnte ich ihr nicht.

Also machte ich nach dem Spaziergang mit Butler einen Abstecher zum Metzger. Die rotgesichtige Frau hinter der Theke war freudig überrascht, mich zu sehen.

»Ah, Charlotte, wie schön, dass Sie einmal vorbeischauen. Wie geht es Millie?«

»Danke, gut.« Es war seltsam, dass ich hier keinen kannte, sie aber alle mich.

»Sagen Sie ihr viele Grüße. Wir vermissen sie hier

im Dorf. Sie fehlt uns.«

»Das sage ich ihr gerne.« Komisch. Aus welchem Grund sollte jemand die bissigen Kommentare vermissen?

»Sie war immer eine tragende Säule des Dorfes. Bei jedem Fest, bei jedem Basar, sie hatte immer eine helfende Hand. Wissen Sie, dass sie das jährliche Sommerfest eingeführt hat? Und den Flohmarkt zugunsten der Kirche? Sie hatte immer eine Idee, und sie hatte Energie und Kraft für zehn. Ein Jammer, dass sie nun ans Haus gefesselt ist.«

Nachdenklich ging ich mit Butler und meinem Fleischpaket zurück nach Primrose Cottage. Das war eine ganz neue Seite an ihr. Tante Millicent als gute Seele und treibende Kraft des Ortes? Ich hätte sie eher als Patriarchin gesehen, die ihre Untergebenen herumscheucht. Vielleicht hatte Dave doch nicht so unrecht? Vielleicht entging mir eine Seite an ihr? Oder besser gesagt, sie verbarg sie geschickt im Umgang mit mir.

Zum Glück wusste Tante Millicent nicht, was ich in der Küche trieb. Ich hatte zwar selbstsicher meine Kochkünste angeboten, aber wie gesagt, ein etwas anderes Menü im Kopf gehabt. Josh stand nicht so auf die traditionelle Küche. Er aß lieber neue, exotische Gerichte und das am liebsten in neuen, angesagten Restaurants. Und wenn wir ein Dinner gaben, hatten wir, ehrlich gesagt, meistens einen Lieferservice beauftragt. Nun, wir waren beide berufstätig, und die Zeit war knapp, und außerdem, so hatte er stets gescherzt, passe das Bild des Heimchens am Herd nicht zu der Frau an seiner Seite.

Aber ich wusste mir zu helfen. Ich hatte im Internet recht schnell ein Rezept gefunden, das als einfach und sehr schmackhaft gekennzeichnet war, und mit den idiotensicheren Schritt-für-Schritt-Anweisungen kam ich gut zurecht. Es machte sogar Spaß, den Teig zu kneten, seine Konsistenz zu prüfen, ihn unter meinen Händen zu fühlen. Etwas kniffeliger war es, den Deckel aufzulegen, ohne dass die ausgestochenen Sterne sich zu sehr verzogen. Aber auch das bekam ich hin, und als ich den Löffel weglegte, mit dem ich dem Rand der Pie noch ein attraktives Muster zugefügt hatte, war ich ziemlich stolz.

Dave kam pünktlich. Er hatte einen Blumenstrauß für Tante Millicent dabei, den sie freudestrahlend entgegennahm. Mir schenkte er ein Lächeln und ein kleines Augenzwinkern. In diesem Moment war mir das mehr wert als jeder Strauß – ich war wirklich nervös. Nicht wegen Dave, und doch seinetwegen.

Was, wenn meine Tante wieder mit ihren Sticheleien anfing? Ich hatte plötzlich Angst, dass Dave meine Demütigungen hautnah miterleben würde. Ich hatte ihm zwar in letzter Zeit viel davon erzählt, aber es wäre anders, davon zu erzählen, und dabei immer einen Schuss Selbstironie oder Galgenhumor oder was weiß ich mit einzubauen, als es direkt vor seinen Augen und Ohren zu durchleben.

Am Anfang ging alles glatt. Tante Millicent hatte ein Gläschen Sherry zum Aperitif angeboten, und ich nahm schnell an, obwohl ich es nicht mochte. Dave hatte nur kurz gezögert, und dann höflich beschieden, dass er keinen Sherry trank. Und was tat meine Tante? Öffnete lächelnd eine Tür ihres wuchtigen Wohnzimmerschrankes und bot ihm stattdessen einen Whisky an. Hätte ich auch nicht gewollt, aber darum ging es nicht. Er hatte die Wahl, ich nicht. Egal, weiter lächeln.

Dave und Millicent begannen ein entspanntes Gespräch, bei dem es, wie könnte es anders sein, um Dorfbelange und Einheimische ging. Ich kannte diese Art Gespräche, und lehnte mich zurück. Manchmal, wenn Grace mit uns einen Tee trank, dann ging es um dieselben Dinge. Aber heute Abend bemühte sich Dave, mich mit in die Unterhaltung einzubinden. Er streute immer wieder kleine Erklärungen ein, wies auf Zusammenhänge hin oder skizzierte den Charakter des betreffenden, sodass ich tatsächlich die eine oder andere Pointe begriff und ein paar Mal in das herzliche Lachen einstimmen konnte.

»Seit wann interessiert dich denn unser langweiliges Dorfleben?« Der Ton war recht freundlich, aber Tante Millicents Blick war kühl.

»Vielleicht fange ich so langsam an, mich hier heimisch zu fühlen.« Ich würde mich auf nichts einlassen. »Oder es liegt einfach daran, dass nicht mehr alles ganz fremd ist.«

Sie nickte und beließ es dabei.

»Wir sollten uns darum kümmern, was, Millie? Dass Charlotte ein bisschen ins Dorfleben integriert wird, meine ich. Ich nehme sie diese Woche mit zum Guy-Fawkes-Day.« Er zwinkerte schon wieder.

Tante Millicent nickte knapp mit dem Kopf. »Schön. Dann wären wir jetzt so weit ...«

Ein wenig bange war mir dann doch, als ich das Essen servierte, schließlich hatte ich es heute zum ersten Mal gekocht. Was, wenn es nicht wie versprochen »superlecker« wäre?

Meine Bedenken waren unnötig. Die Pie hatte genau die richtige Farbe, die Sterne waren immer noch als solche zu erkennen, und es roch schon mal himmlisch.

»Fabelhaft. Wirklich, es schmeckt großartig.«

Ich strahlte Dave an. »Ja, ganz gut, was?«

Selbst Tante Millicent gab zu, dass es ihr schmeckte, wenn auch am Salat ein Hauch zu viel Essig wäre für ihren Geschmack. Für meinen auch, allerdings würde ich das nicht zugeben. Außerdem überstrahlte der Erfolg des restlichen Essens alles.

Ich hatte, wie es sich gehörte, ein Dessert vorbereitet. Als ich mich eine Stunde später entschuldigte, um in die Küche zu gehen, herrschte im Haus eine wunderbar friedvolle Atmosphäre. Das knisternde Feuer im Kamin und die sanfte Stimme von Dave wirkten Wunder. Es war, als wäre ich in einem ganz anderen Haus als all die langen Abende zuvor. Ich war mit meinem Tablett schon kurz vor der Tür, als ich Daves Stimme hörte und stehen blieb.

»Du solltest mit ihr darüber reden.«

»Nein.« Auch mit Dave konnte Tante Millicent also unfreundlich sein.

»Millie, deine Nichte ist eine wunderbare Person. Warmherzig, klug und freundlich. Mach ihr doch das Leben nicht so schwer.«

»Ich habe sie nicht gebeten zu kommen.«

»Du hast ihr auch nicht gesagt, dass sie nicht kommen soll.«

»Nein, und das war vielleicht ein Fehler.« Ich hörte, wie nachdenklich ihre Stimme klang, und schluckte. Was hatte ich ihr nur getan?

»Vergiss deinen Stolz.« Daves Stimme war jetzt so leise, dass ich ihn kaum noch hören konnte.

»Meinen Stolz hat man mir schon lange genommen, Junge.« Sie seufzte. »Ich weiß nicht, was sich Edward gedacht hat, mir dieses Mädchen zu schicken. Sitzt nur da und spricht nicht. Und wenn, dann nur über komische Sachen, die ich nicht kenne.«

Dave lachte. »Dann musst du halt dazulernen.«

»Komische Badeanzüge und seltsame Hosen, das soll ich lernen? Nein danke. Sie redet immerzu über Kleidung, etwas anderes gibt es für sie nicht. Oberflächlich, so nenne ich das. Sie ist wie Eve.«

»Wir reden nicht über Eve.« Daves Stimme klang noch immer freundlich, hatte aber einen ganz neuen Unterton. Warnend.

»Nein, natürlich nicht. Niemand redet über irgendjemand. Charlotte auch nicht. Edward hat erzählt, dass sie einen jungen Mann hat. Sie leben zusammen. Und, hat sie ihn nur einmal erwähnt? Nein. Früher waren wir nicht so.«

»Millie, lass ihr Zeit.«

»Zeit! Zeit ist kein Allheilmittel, auch wenn alle das denken. Manchmal hilft auch Zeit nicht.«

Ich hatte genug gehört. Eine leichte Handbewegung, und die Schalen auf dem Tablett stießen klirrend aneinander. Die Stimmen verstummten, und ich holte tief Luft und stieß mit dem Fuß die Tür auf.

»Dessert.«

Ich konnte den restlichen Abend nicht mehr genießen, auch wenn Dave sich bemühte, uns beiden gerecht zu werden. Er plauderte weiterhin mit meiner Tante, versuchte, mich ins Gespräch zu ziehen, aber ich konnte nicht vergessen, was ich gehört hatte. Ich war erleichtert, als Dave sich endlich verabschiedete und ich mich zurückziehen konnte. Ich vermisste Josh, meine Freunde, mein Leben. Wieso nur tat ich mir das an?

»Hey Josh, ich bin's. Ich wollte mal hören, wie es dir geht. Vielleicht meldest du dich einfach mal? Diese Sache ... es war dumm von mir. Du kennst mich doch, das war ganz anders gemeint. Also bitte, ruf an. Ich vermisse dich.«

Wo trieb er sich nur rum? Wieso ging er nicht an sein Telefon? Die Mailbox hatte mich abgefangen, und ich hatte natürlich draufgesprochen. Auch wenn ich insgeheim ihm die Schuld gab an unserem Missverständnis, so war ich doch bereit, alles auf mich zu nehmen, wenn er nur wieder Teil meines Lebens würde. Vier Wochen war ich nun bereits in Primrose

Cottage. Ich hatte, ehrlich gesagt, gedacht, dass er nach spätestens zehn Tagen hier aufkreuzen würde. So langsam machte mich die totale Kommunikationssperre etwas unruhig.

Gut, ich kannte Josh. Er war nicht der Mensch, der superschnell vergaß. Er brauchte seine Zeit, das war schon immer so gewesen. Und wahrscheinlich dachte er, er müsste mich etwas zappeln lassen. Aber dafür würde er sich auch etwas Tolles ausdenken, wenn er dann käme. Ich musste einfach etwas Geduld haben. Ich seufzte. Geduld war die eine Sache. Die andere war es, die Zeit hier mit Tante Millicent durchzustehen.

9

Das Feuer loderte hell, ein riesiger Haufen Holz. Um uns herum lachten die Menschen, riefen sich Scherze zu. Alle hatten eine Menge Spaß, selbst ich.

Ich muss zugeben, dass ich diesem Feiertag eher skeptisch gegenüberstand. Die großen Freudenfeuer, die im ganzen Land entzündet wurden, die Strohpuppen von Guy Fawkes, die verbrannt wurden, das ganze Treiben war mir eine Spur zu viel. Jedes Jahr, immer am fünften November, feierten meine Landsleute voller Begeisterung diesen Mann, der 1605 ein Attentat auf das Parlament und den König geplant hatte und damit gescheitert war. Teilweise gab es sogar große Umzüge mit historischen Szenen. Überall, im ganzen Land, machten die Menschen diesen Abend zu einer einzigen Party. Und überall endete es gleich. Ich seufzte.

Der Guy-Fawkes-Day hatte regnerisch und kalt begonnen. Jetzt, am Abend, war es zum Glück trocken, und das Feuer wärmte uns. Dave hatte mir eine Menge Leute vorgestellt, deren Namen ich längst wieder vergessen hatte, aber das war mir egal. Wenn mich einer ansprach oder winkte, dann lächelte oder winkte ich zurück. Lucy und Sean waren da und

Dave, und das genügte. Wir hatten alle, bis auf Lucy, ein Bier in der Hand. Nicht das erste.

»Täusche ich mich, oder ist das da ein Schrank, der brennt?«

Lucy lachte. »Das ist eine Tradition. Was du nicht mehr brauchst, kommt auf den großen Feuerhaufen und wird verbrannt.«

Ich lachte auch. Drei Frauen traten auf zu uns.

»Hi Dave.« Ihr Lachen war übertrieben und albern, und ich sah interessiert hinüber.

»Beth, Carol, Liz.« Dave nickte freundlich. »Das ist Charlotte.«

»Hi Charlotte.« Für mich lachten sie nicht so übertrieben.

»Hallo.«

»Dave, dich sieht man in letzter Zeit kaum noch in der ›Ente‹.« Die eine, Liz, zog einen Schmollmund. »Du kannst uns doch nicht einfach so sitzen lassen.«

»Hab viel zu tun.« Er zwinkerte mir zu. »Aber ich verspreche, wir kommen demnächst mal vorbei.«

»Und vergiss nicht, dass am Sonntag die Chorproben beginnen.«

Ich sah fassungslos von Liz zu Dave. »Du singst im Chor?«

»Im Weihnachtschor. Wir treten immer am Weihnachtsabend auf dem Dorfplatz auf. Eines der großen Ereignisse unseres wunderschönen kleinen Örtchens.«

»Na dann ...« Liz trat unschlüssig von einem Bein auf das andere.

»Ja, bis dann.« Dave winkte kurz mit der Hand und wandte sich zu Sean um.

Ich aber starrte Liz nachdenklich nach. Da wäre also eine, die Eves Platz nur zu gerne in Anspruch genommen hätte. Wenn er denn frei wäre. Ich war mir nicht sicher. Seine Worte bei Tante Millie gingen mir nicht aus dem Kopf. Er hatte nicht gesagt, dass er und Eve noch zusammen waren, oder ob er das wollte. Es war einzig sein Tonfall gewesen, der angezeigt hatte, dass dieses Thema für ihn nicht ganz unwichtig war. Aber egal ob Eve oder Liz, ein wenig Hilfe konnte er ganz sicher brauchen. Ein wenig optisch aufgemöbelt, etwas sensibilisiert für Zwischentöne, dann würde das schon werden.

»Endlich. Das Feuerwerk.« Lucy klatschte begeistert in die Hände, und ich holte tief Luft und versuchte, ebenso begeistert zu wirken.

Das Feuerwerk ist überall der Höhepunkt des Guy-Fawkes-Abends. Ehrlich gesagt bin ich kein großer Fan davon. Meiner Erfahrung nach waren die meisten meiner Landsleute etwas zu enthusiastisch, was das Böllern anging, daran änderte auch keine Gesetzgebung etwas. Alkohol und Raketen waren nun mal keine gute Kombination. Aber ich lächelte und nickte, als freute ich mich auch darauf, obwohl ich am liebsten davongerannt wäre.

Unter dem lauten Jubeln und vielen »Ahhhs« und »Ohhhs« stiegen die ersten Raketen in die Luft, und dann wurde es richtig schlimm. Von allen Seiten krachte und donnerte es. Ich merkte, dass ich langsam Mühe hatte zu atmen. Himmel, was tat ich mir da an? Ich drehte mich um und begann, mich zu entfernen, langsam erst, dann immer schneller. Weg hier, weg von den Raketen, dem Lärm und den Menschen. Ich achtete nicht auf den Weg. Und plötzlich hörte ich ein schrilles Sirren, das immer näher kam. Schossen die jetzt auf mich? Ich blieb stehen und sah mich um. Der Lärmpegel war mächtig, am Himmel blühten die Raketenblumen und tauchten alles in seltsames rotes oder grünes oder goldenes Licht. Um das Feuer waren Silhouetten zu erkennen, die tanzten wie kleine Teufel. Dann packte mich eine Hand und zog mich zu Boden. Ich verlor meinen letzten Rest an Selbstbeherrschung und schrie.

»Charlotte, um Himmels willen.« Es war das erste Mal, dass Daves Stimme aufgeregt klang. »Was tust du denn?«

»Raketen.« Ich keuchte, als wäre ich gerannt. »Überall.«

»Natürlich sind da Raketen. Aber du läufst direkt

in ihre Schussbahn.«

Über uns sirrte es schon wieder. »Schussbahn?«

»Klar. Jeder weiß, dass sie in diese Richtung schießen, ins freie Feld.«

Nun, jeder, der hier aufgewachsen war vermutlich. Mich hatte keiner gewarnt. Daves Arm legte sich über meinen Kopf. »Am besten bewegen wir uns erst mal gar nicht.«

Da lagen wir nun, ich in Daves Armen, die Augen fest geschlossen, die Hände auf den Ohren. Und nein, es war nicht ansatzweise romantisch. Der Boden war kalt und nass vom Regen, ich zitterte, und Dave fluchte die ganze Zeit leise vor sich hin. Endlich, endlich wurde es ruhiger, und schließlich nahm er seine Arme von mir und stand auf.

»Wieso hast du nicht einfach gesagt, dass du Angst hast?«

»Ich habe keine Angst.« Wem wollte ich hier was vormachen? »Gut, ich hatte Angst. Ich mag keine Raketen.« Ich ergriff seine ausgestreckte Hand und ließ mir hoch helfen. Meine Beine zitterten noch immer.

»Warum hast du nichts gesagt? Mensch, Charlotte, wir hätten gar nicht kommen müssen. Oder einfach rechtzeitig verschwinden, wenn du nur den Mund aufgemacht hättest.«

Ja, warum hatte ich nichts gesagt? Weil ich mir

dämlich vorkam, als erwachsene Frau Angst vor einem Feuerwerk zu haben. Weil ich nicht wollte, dass alle über mich lachen würden. Weil ich ihm den Spaß nicht hatte verderben wollen. Und weil ich selbst nicht gewusst hatte, wie schlimm es werden würde.

Ich hatte natürlich schon öfters an einem Feuerwerk teilgenommen, das ließ sich ja nicht ganz vermeiden. Aber nie alleine. Josh war immer an meiner Seite gewesen. Er liebte es, den Krach, den Gestank, das Ganze eben. Wie alle Männer juckte es ihn in den Fingern, und am liebsten hätte er selbst mitgeballert. So aber stand er nur da mit glänzenden Augen und besah sich das Spektakel. Und ich mit ihm, den Kopf an seiner Brust, die Augen geschlossen. Er dachte, dass ich sentimental und romantisch wurde, sobald die Raketen in den Himmel stiegen, und ich ließ ihn in dem Glauben. Aus welchem Grund ich mich in seine Arme schmiegte, war ja auch egal. Hauptsache, er hielt mich fest, und wenn wir dann später nach Hause kamen, war er so gut gelaunt, dass ich den durchlittenen Schrecken schnell vergaß. Wir hatten also beide was davon, und ich musste nicht beichten, was wirklich in mir vorging.

Heute Abend aber hatten mir seine Arme gefehlt. Noch nie hatte ich ihn so sehr vermisst wie gerade eben. Und ehe ich diesen Gedanken zu Ende gedacht hatte, flossen schon die Tränen.

Dave tat das einzig Richtige: Er nahm mich in den Arm. Leider war das Richtige für mich falsch, denn nun heulte ich erst richtig los. Ich war gefangen in einem Sumpf aus Selbstmitleid, Sehnsucht, Angst und Wut, und ich schien mich nicht daraus befreien zu können. Ich fürchtete, dass ich nie mehr aufhören könnte, jetzt, wo ich damit angefangen hatte.

Die Kälte rettete mich schließlich. Meine Jeans waren nass, meine Jacke ebenfalls und auch Daves Körper war klamm und feucht. Ich schniefte und machte mich frei.

»Na komm.« Dave nahm meine Hand und zog mich entschieden hinter sich her. Drüben am Feuer waren immer noch viele Menschen, Lachen und Gesprächsfetzen wehten herüber. Aber der Himmel war jetzt wieder dunkel und still.

»Das waren doch nicht nur die Raketen, oder?«

Ich starrte in das knisternde Feuer und schüttelte langsam den Kopf. Mein Glas wurde aufgefüllt, und der scharfe Geruch des Whiskys stieg mir in die Nase.

»Willst du darüber reden?« Dave hatte neben mir Platz genommen und schwenkte bedächtig sein eigenes Glas, ehe er einen Schluck nahm.

Wollte ich? Ich zog die Knie an und schlang meine Arme darum. Dave hatte mich ohne Umschweife zu sich mitgenommen und mir eine Jogginghose und einen dicken, weichen Rollkragenpullover gereicht. Die Sachen waren mir zu groß, aber sie waren warm und rochen tröstlich.

»Ich weiß nicht. Es tut mir leid, dass ich dir den schönen Abend verdorben habe.«

Er wedelte kurz mit der Hand. »Kein Thema. Du hast mich wirklich erschreckt heute. Ich dachte, du hast Spaß, und plötzlich rennst du los, mitten ins Chaos.«

Ich seufzte. Ja, das war keine Glanzleistung gewesen. »Ich kann dieses Geböllere einfach nicht leiden. Ich weiß auch nicht ... ich habe Angst davor, dass jemand getroffen wird, dass ich getroffen werde. Dass es anfängt zu brennen.«

»Wieso hast du das nicht einfach gesagt? Wir hätten doch nicht hingehen müssen.«

»Ich wusste nicht, dass es so schlimm werden würde. In Bristol läuft das alles etwas professioneller ab.« Zumindest da, wo wir uns aufhielten. Und in Bristol war Josh bei mir.

»Es waren auch nicht nur die Raketen.« Meine Stimme war leise, und ich sah Dave nicken.

»Du vermisst deinen Freund.«

Ich nickte kläglich. »Ich bin jetzt schon seit fünf Wochen hier.«

»Das ist eine lange Zeit, wenn man jemanden vermisst.«

Ja, besonders, wenn sich der Betreffende nicht einmal gemeldet hatte. Josh hatte meine Nachricht bis heute nicht beantwortet.

»Er ist sauer auf mich.« Ich hatte nicht bewusst entschieden, es zu erzählen, aber ich war froh, als ich es endlich ausgesprochen hatte.

»Ich dachte mir schon etwas Ähnliches. Bristol ist ja nicht so weit entfernt, dass er nicht mal hätte herkommen können. Und du hast ihn noch nie erwähnt. Glücklich verliebt ist anders.«

Ich nickte und schluckte schon wieder. »Also, wir sind verliebt. Und wir waren glücklich. Es gab da nur dieses Missverständnis ...«

Dave schwieg einen Moment. »Okay. Und dieses Missverständnis ist so groß, dass er sich so lange nicht meldet?«

»Du kennst Josh eben nicht. Er ist stolz. Er braucht ein wenig Zeit.«

»Erzähl mir von ihm!« Dave lehnte sich zurück und trank noch einen Schluck Whisky.

»Oh ... gut. Also, Josh ist großartig. Ihm gehört die Eventagentur, in der ich arbeite. Er hat sich alles selbst aufgebaut, alles selbst verdient. Er hat keine reichen Eltern, die ihn unterstützt haben.« Ich dachte kurz nach. »Er sieht toll aus. Als ich ihn kennengelernt habe, war ich sofort verliebt. Er ist ein richtiger

Mann von Welt. Er weiß, welche Kleidung man tragen muss, welche Frisur gerade angesagt ist und welche Themen in sind. Er kann eine große Gesellschaft mühelos unterhalten und in seinen Bann ziehen. Er ist unglaublich charismatisch, weißt du? Er gibt mir das Gefühl, etwa Besonderes zu sein, weil er etwas Besonderes ist. Hört sich das blöd an?«

Dave schüttelte langsam den Kopf. »Ich denke, ich verstehe, was du meinst. Auch wenn ich nicht weiß, wieso du das brauchst.«

»Komm schon. Ich war immer die nette Charlotte von nebenan. Mit ihm ... durch ihn bin ich anders geworden. Er hat mir so vieles gezeigt, so vieles beigebracht.«

»Und was ist dann passiert?«

»Ich habe einen Fehler gemacht. Einen blöden Fehler, und ein Wort ergab das andere.« Mein Glas war leer, und Dave füllte es auf. »Aber ich bin mir sicher, dass es wieder wird. Ich habe davon geträumt, dass es wieder gut wird.« Ich spürte die Wärme, die der Whisky in meinem Magen hinterließ und die sich langsam in meinem ganzen Körper ausbreitete.

»Geträumt?« Jetzt war wieder die altbekannte Freundlichkeit in seiner Stimme, ein Hauch von Spott.

»Ja.« Das ungewohnte Getränk sorgte dafür, dass

ich lockerer wurde. »Pass auf: Es ist Weihnachtsabend. Wir haben eben die Kerzen am Baum angezündet. Plötzlich klingelt es. Ich gehe zur Tür, öffne, und da steht Josh. Er sieht mich an, mein neues rotes Kleid, und seine Augen leuchten. Und dann küsst er mich und sagt, dass es ihm leidtut und dass alles wieder wird wie früher, nur besser.« Ich hatte die Augen geschlossen und vermutlich ein dämliches Grinsen im Gesicht.

»Wie früher, nur besser.« Daves Stimme klang bemüht.

»Ja. Er wird mir sagen, dass er mich über alle Maßen liebt und dass er keine Sekunde mehr ohne mich sein will.«

»Das wird er.«

»Und dann leben wir glücklich und zufrieden bis ans Ende unserer Tage, zusammen mit zwei entzückenden Kindern. Und einem Hund.« Ich war so selig, ich konnte uns direkt sehen. Josh und mich und den Hund.

»Charlotte?« Daves Stimme klang weit entfernt und dumpf.

»Hmpf?«

»Himmel, Charlotte! Was mach ich denn jetzt mit dir?«

Was für eine seltsame Frage, dachte ich. Und dann schloss mich Josh in die Arme, und alles andere verblasste.

10

Mein Rücken tat weh. Und mein Kopf. Aber ansonsten fühlte ich mich grandios. Ich hatte eine wunderbare Nacht mit Josh verbracht, voller Leidenschaft und Liebe. Meine Haut prickelte noch immer. Ich streckte mich, dann öffnete ich vorsichtig ein Auge. Ein Kaminfeuer, Bücher, Dave. Himmel, Dave! Ich öffnete auch das zweite Auge.

»Guten Morgen, Charlotte.«

»Dave! Was ...«

»Du bist eingeschlafen. Plötzlich warst du weg, und ich habe dich nicht mehr wach bekommen.«

Ich warf einen vorsichtigen Blick unter die Decke. Alles noch da, wo es sein sollte. Langsam rappelte ich mich hoch.

»Kaffee?«

Dankbar nahm ich die Tasse entgegen. Der Kaffee war heiß und stark und schwarz, und er half mir, zu mir zu kommen.

»Das ist mir noch nie passiert. Dass ich einfach so eingeschlafen bin, meine ich. Es tut mir leid, und ... Scheiße!« Ich sprang so schnell hoch, dass ein bisschen Kaffee aus der Tasse schwappte und auf Daves cremeweißen Pulli tropfte, den ich immer noch trug. »Tante Millie.«

»Keine Sorge, sie weiß inzwischen, dass du hier bist.«

Ich sah ihn überrascht an.

»Ich habe sie angerufen. Sie war ziemlich in Sorge, weil du nicht da warst. Sie sagt, sie hätte ewig geklopft.« Er hob die Augenbraue.

»Na, immerhin hat mir das eine ungestörte Nacht beschert.« Ich versuchte zu lächeln. »Auch wenn sie mich dafür büßen lassen wird. Ich wette, jetzt bin ich auch noch unzuverlässig und leichtfertig, zu meinem Modefimmel dazu.«

»Keine Sorge. Millie kennt mich. Sie weiß, dass ich kein Mann bin für leichtfertige Mädchen.« Er lachte, wurde dann aber ernst. »Ich habe ihr gesagt, dass es gestern ein Vorfall gab am Feuer und dass du ziemlich verstört warst. Sie war ehrlich besorgt.«

»Ha.« Das war nun ganz sicher übertrieben. Aber Tante Millie würde später meine Sorge sein. Etwas anderes ging mir nicht aus dem Kopf. Diese Hände heute Nacht. Sie hatten sich so echt angefühlt.

»Dave«, ich zögerte kurz, »ich habe also die ganze Nacht hier auf dem Sofa geschlafen?«

»Wie ein Stein.«

»Und du warst natürlich in deinem Bett.«

Er blinzelte. »Nun, um ehrlich zu sein, ich habe hier geschlafen. Im Sessel«, fügte er schnell hinzu.

»Warum?«

»Nun, ich war etwas besorgt. Ich dachte, dir ginge es nicht so gut, und es wäre besser, wenn ich in der Nähe bleibe. Für alle Fälle.«

»Will heißen?«

»Du hast gestöhnt, und du hast Sachen gemurmelt. Ich konnte dich nicht verstehen, und ich wollte da sein, falls es dir schlecht wird.«

Schlecht wurde es mir genau jetzt. Gestöhnt! Ich hatte geträumt, von Josh und mir und seinen Händen. Ich hoffte inständig, dass er wirklich nichts verstanden hatte von dem, was ich gesagt hatte. In meinem Traum hatte ich Sachen gesagt, die ich mich nie wirklich zu sagen trauen würde. Ich hatte Josh recht deutlich gemacht, was ich wollte, und ich hatte mich großartig gefühlt. Und gestöhnt.

»Du verträgst wohl nicht viel, was?« Sein Ton war leicht, und dankbar ging ich darauf ein.

»Nein, ich trinke normalerweise kaum. Josh ist der Meinung, dass Alkohol unvorsichtig und unkontrolliert macht. Er trinkt deshalb nicht. Wenn wir eine Party geben, dann schenken wir zwar aus, trinken aber nicht mit. Das bewahrt einem vor Unannehmlichkeiten, sagt Josh immer. Und offensichtlich hat er recht.« Ich lachte unsicher.

»Nun, manchmal schadet es nicht, mal ein bisschen loszulassen. Wenn man mit den richtigen Menschen zusammen ist.«

Ich dachte kurz nach. »Dave? Wir hatten doch keine Unannehmlichkeiten, oder?«

Er lachte. »Nein, ganz und gar nicht. Im Gegenteil, du warst sehr süß.«

Wenn Tante Millicent mich vermisst hatte oder sich gar Sorgen um mich machte, dann konnte sie das vorzüglich verbergen. Sie hatte mich wortlos gemustert, als ich in Daves viel zu großen Sachen in Primrose Cottage angekommen war.

»Ich gehe nur eben duschen, dann werde ich mit Butler seine Runde drehen.«

Sie hatte genickt und sich wieder dem Kreuzworträtsel in Großdruck hingegeben, und ich war nach oben entwischt.

Als ich kurze Zeit später Butler an die Leine nahm, rief meine Tante mich noch einmal zurück ins Wohnzimmer.

»Da.« Sie deutete auf etwas neben sich. »Das wirst du brauchen. Und dein Mantel ist sowieso hinüber.«

Vorsichtig nahm ich das Bündel in Augenschein. Sah aus wie …

»Eine Wachsjacke. Die sind praktisch, warm und wasserdicht.«

»Danke.« Auch wenn jetzt eine alte Jacke meiner Tante nicht unbedingt mein Traum war, so rührte mich doch die Geste.

»Und nun geh. Butler ist schon ganz unruhig.«

Konnte es sein, dass meine Tante tatsächlich etwas milder wurde? Wir hatten endlich dieses unsägliche Buch zu Ende gelesen, und ich legte Heathcliff ohne Bedauern ins Regal zurück.

»Was nun?« Ich sah über die Schulter.

Tante Millicent zuckte die Achseln. »Wie es scheint, hegst du keine große Begeisterung für meine Bücher. Wir können es also auch lassen.«

Sie gab mich frei. Aber seltsamerweise wollte ich das nun gar nicht mehr. Das Vorlesen hatte etwas Vertrautes, und manchmal, wenn ich kurz aufblickte, sah ich in ihrem Gesicht eine so entspannte und zufriedene Miene. Es schien ihr wirklich zu gefallen.

»Vielleicht nehmen wir diesmal etwas weniger Düsteres?«

Sie schnaufte. »Wenn du damit diese Bücher meinst, die ihr jungen Frauen heutzutage lest ...«

Meine Finger waren die Buchrücken entlanggefahren und blieben an einem haften. Ich zog es heraus.

»Das wäre doch was.«

»Stolz und Vorurteil?«

»Ja. Ich mag dieses Buch. Ich habe es zu Hause, allerdings nicht so eine wunderschöne Ausgabe.« Ich strich vorsichtig über den Ledereinband. Um ehrlich zu sein, hatte ich überhaupt kein Buch mit einem Ledereinband. In meinem Regal standen nur Taschenbuchausgaben. »Aber der Inhalt bleibt ja der Gleiche, nicht wahr. Und wer könnte schon den Bennets und Mr Darcy widerstehen?«

Tante Millicent musterte mich einen Augenblick mit ihren stechenden Augen, dann nickte sie kaum merklich. »Das Buch war ein Geschenk. Ich habe es immer in Ehren gehalten. Und es ist auch eines meiner liebsten.«

11

»Charlotte! Wie es scheint, passt du dich immer mehr dem Landleben an. Kluge Entscheidung.« Er wies auf meine neue alte Jacke.

»Die hat mir Tante Millicent vererbt. Und auch wenn ich es nicht gerne zugebe, ich bin begeistert. Sie hält den Wind ab und den Regen, und sie fühlt sich so richtig an hier draußen.«

Dave lachte sein fröhliches, ansteckendes Lachen. »Ja, nicht umsonst ist sie das am meisten getragene Kleidungsstück hier. Und sie steht dir gut.«

Ich nickte errötend. Das hatte ich auch gedacht, als ich das erste Mal damit vor den Spiegel getreten war. Es war ein teures Teil, eine echte Anschaffung fürs Leben. Und ich konnte mir sogar vorstellen, diese Jacke ab und zu in Bristol zu tragen, wenn das Wetter ganz schlecht war. Ich sah darin viel dünner und zarter aus, tough und gleichzeitig ganz mädchenhaft.

»Also, wie sieht es aus? Steht unsere Fahrt morgen nach Oxford noch?«

»Aber sicher.«

»Natürlich. Du brauchst ja noch dein rotes Kleid.«

»Ganz genau.« Ich versuchte, mit ihm Schritt zu halten »Und ein paar neue Stiefel wären ebenfalls nicht schlecht. Leider sind meine Füße größer als die meiner Tante, aber sie hat mir ein Paar gezeigt, das ich gerne in meiner Größe hätte. Ein Paar dieser Dinger, mit denen man auch durch Schnee und Matsch marschieren kann.«

»Charlotte, pass bloß auf. Wenn es so weitergeht, bist du bald ein Landmädel, wie es im Buche steht.«

Da hatte ich keine Angst. Josh würde mich vorher holen. Und an seiner Seite würde mir gar nichts anderes übrig bleiben, als ganz schnell wieder zu meinem alten Look zurückzukehren.

»Und?« Ich drehte mich unsicher vor dem Spiegel. »Was denkst du?«

»Es sieht großartig aus. Wie auch schon das davor. Und das Erste, das du anhattest.«

Seufzend sah ich zu Dave. »Du bist keine große Hilfe, weißt du?«

»Wieso? Es stimmt. Sie sehen alle toll aus.«

»Aber toll reicht nicht. Ich muss umwerfend aussehen.« Wieder sah ich in den Spiegel. Mit Dave einzukaufen, war so ganz anders, als ich es gewohnt war. Josh liebte es, einkaufen zu gehen. Er war der Traum einer jeden Frau. Er konnte den ganzen Samstag mit mir durch die Läden ziehen, ohne dass seine Begeisterung nachließ. Er suchte persönlich nach dem richtigen Kleidungsstück für mich, und er fand es. Immer. Josh hatte klare Vorstellungen davon, was mir stand, welche Farben und welcher Schnitt. Und er lag nie daneben.

Ich versuchte, das Kleid mit seinen Augen zu sehen. Machte es mich nicht zu breit in den Schultern? Die Hüften nicht zu rund? War der Ausschnitt zu klein? Und die Länge zu bieder? Und vor allem: War das der richtige Rotton, oder war er nicht doch etwas zu blaustichig?

»Ich weiß nicht, was du mit blaustichig meinst. Ich finde, deine Haut strahlt schön in diesem Kleid. Und deine Beine sehen toll aus.« Dave strich sich die Haare aus dem Gesicht. »Ehrlich, Charlotte, nimmst du das nicht ein bisschen zu ernst? Es ist nur ein Kleid.«

»Es ist DAS Kleid. Das, in dem er um meine Hand anhalten wird.« Ich ging zurück in die Kabine. »Besser gesagt, es ist es nicht. Wir müssen weitersuchen.«

»Was war mit dem Letzten? Das war doch toll.« Dave rührte in seiner Kaffeetasse und sah einigermaßen erledigt aus.

»Der Schnitt war toll, aber der Stoff ging gar nicht.«

»Und das davor?«

»Das war nicht das richtige Rot.« Ich trank ebenfalls einen Schluck Kaffee.

»Und das im ersten Laden?«

»Das hatte so eine nichtssagende Länge.«

»Himmel, Charlotte! Männer sehen solche Details doch gar nicht.«

Ich sah ihn streng an. »Du siehst sie nicht. Josh allerdings schon.«

»Toller Josh.« Dave grummelte ein wenig, aber dann kam seine Natur durch, und er lachte.

»So langsam verstehe ich, wie anstrengend es für euch ist. An was ihr alles denkt ...«

Ich nickte ernst. »Natürlich. Und deshalb ist es wichtig, dass ihr ab und zu mal genauer hinseht. Und auch mal ein Kompliment macht. Schließlich machen wir das für euch.«

»Meinetwegen brauchst du das nicht zu tun.« Dave streckte seine Beine aus.

»Oh doch. Und da wir uns so anstrengen, ist es nur fair, wenn ihr es ebenfalls ein wenig tut.«

Ich konnte ihm ansehen, wie sein Blick nachdenklich wurde. »Du meinst, ich muss jetzt in Zukunft jedes Mal so eine Tour absolvieren, wenn ich mir ein neues Hemd kaufe?«

»Nun«, ich grinste. »Wo wir schon mal hier sind ...«

»Nein!« Abwehrend hob er die Hände. »Ich bin ganz zufrieden mit mir, danke.«

»Ganz zufrieden reicht nicht. Los geht's. Ich habe ein paar tolle Ideen im Kopf.«

»Ehrlich, Charlotte, ich bewundere deine Energie.«

Die Dämmerung hatte bereits eingesetzt, als wir uns endlich auf den Heimweg machten.

»Aber es hat sich doch gelohnt. Du siehst echt gut aus.«

Das stimmte. Ich hatte für heute die Suche nach meinem perfekten Kleid aufgegeben – geopfert für mein Projekt Dave. Und ich bereute es nicht. Ein halber Tag liebevolle Führung, und schon saß ein ganz anderer Mann neben mir. Wir hatten nur ein Geschäft aufgesucht, doch das hatte alles im Sortiment, was mir vorschwebte.

Es war klar, dass ich aus Dave keinen zweiten Josh machen konnte, was die Klamotten betraf, nicht mal ansatzweise. Aber er hatte auf meinen Rat hin neue Jeans gekauft – einen etwas schmaleren Schnitt, eine etwas modischere Waschung. Und neue Hemden. Immer noch seine geliebten, karierten Flanellhemden, allerdings schmal geschnitten, und plötzlich sah er ganz anders aus. Der krönende Höhepunkt und mein persönliches Highlight war jedoch ein spontaner Besuch beim Friseur gewesen. Er hatte sich etwas dagegen gewehrt und angeführt, dass Clodette, die im Dorf allen Männern die Haare schnitt, vielleicht gekränkt wäre, aber ich hatte ihn überzeugen können. Und er musste zugeben, dass der neue Schnitt gut war. Es waren nur ein paar kleine Änderungen nötig gewesen, um aus der langweiligen Frisur eine zu machen, die richtig gut aussah. Und seine schönen Wangenknochen zur Geltung brachten. Und seine Augen.

»Meine Wangenknochen haben noch nie jemanden interessiert.«

Ich verzog amüsiert das Gesicht. »Klar, ne?« Konnte er wirklich nicht sehen, wie die Mädels im Dorf hinter ihm her waren? »Lucy hat erzählt, dass es da die eine oder andere gibt, die genau diese Wangenknochen gerne mal näher in Augenschein nehmen würde.« Ich hielt die Luft an. Jetzt musste er sich entscheiden, ob er immer noch Eve wollte oder was.

»Lucy sieht gerne Dinge, die nicht da sind.« Dave sah konzentriert auf die Straße. »Du darfst nicht alles ernst nehmen, was sie sagt.«

»Ich habe es auch gesehen.«

»Du?« Er schaltete die Wischblätter ein, weil der Nieselregen, der heute Mittag mal wieder eingesetzt hatte, immer stärker wurde.

»Ja.« Ich holte noch einmal tief Luft. »Dave, wieso ist ein Mann wie du Single?«

»Ein Mann wie ich?«

»Ja. Du bist so nett, immer fröhlich, hilfsbereit und

hast einen guten Job. Und du bist attraktiv.«

»Du findest mich attraktiv?« Ich konnte sehen, wie ein Lächeln um seine Mundwinkel huschte.

»Klar. Und die Mädels hier stehen ja voll auf diesen kernigen Typ Mann.«

»Aha. Ich bin also kernig, aber dennoch attraktiv.«

»Dave!« Ich musste ebenfalls lachen. »Also, sag schon, gibt es da keine, die dir gefällt?«

Eine Weile war es still. »Ich weiß nicht. Im Moment ist es gut so, wie es ist.«

12

Sogar Tante Millicent bemerkte die Veränderungen, die ich heute an Dave vollbracht hatte.

»Du warst beim Friseur«, waren ihre Begrüßungsworte gewesen, und Dave hatte genickt. »Das wird Clodette nicht gefallen.«

»Das habe ich auch gesagt.« Nun starrten beide mich an.

»Aber man darf doch mal was anderes ausprobieren.« Sofort hatte ich das Gefühl, etwas Falsches gemacht zu haben und mich verteidigen zu müssen.

»Pass bloß auf und lass dich nicht zu einem Modeaffen machen. Oder willst du die Rindviecher damit beeindrucken?« Tante Millicent drehte sich um und ging mühsam auf ihren Stock gestützt vor uns ins Esszimmer. Ich warf einen schnellen Seitenblick zu Dave, der lachend mit den Augen rollte.

»Grace war so nett, mir etwas zu essen zu bringen und in die Röhre zu stellen. Nun ja, ich bezahle sie gut dafür, aber dennoch. Und da ich den ganzen Tag alleine war, wäre es nett, beim Essen Gesellschaft zu haben.«

Trotz des recht uncharmanten Auftakts fand das Essen in heiterer Stimmung statt. Hauptsächlich deshalb, weil Dave Tante Millicent von unserem Tag erzählte, von meiner Suche nach dem perfekten Kleid, von seinem Erstaunen darüber, wie viele unterschiedliche Schnittvarianten es von einfachen, karierten Hemden gab. Es klang witzig, und ein paar Mal sah ich, wie sich ihre Mundwinkel beinahe hoben. Er erzählte, wie ich ihn überredet hätte, mal was Neues auszuprobieren, und mit welchem Enthusiasmus ich mich der Aufgabe gewidmet hatte. Aber nie, und dafür war ich ihm sehr dankbar, machte er mich in seinen Erzählungen lächerlich oder neurotisch oder oberflächlich. Er achtete darauf, dass es immer nett klang und ich in einem guten Licht stand.

Mit ihm am Tisch wagte auch ich mich etwas aus meiner Deckung. »Es gibt nun mal mehr auf der Welt als Kühe und Schafe und Flanellhemden. Und du kannst nicht abstreiten, dass es dir Spaß gemacht hat.«

»Vor allem hat es mich fertiggemacht. Wenn ich einen Tag hier durch die Hügel wandere, bin ich abends nicht halb so erledigt wie nach diesem Einkaufstrip mit dir.« Er leerte sein Weinglas und stand auf. »Und deshalb muss ich jetzt diese reizende Gesellschaft verlassen und gehen. Ich will nur noch die Beine hochlegen.«

Als ich zurück ins Wohnzimmer kam, saß Tante Millicent am Feuer und sah nachdenklich dem Spiel der Flammen zu. Ich hatte mir Butler geschnappt und war noch eine kleine Runde mit ihm gegangen. Im Gegensatz zu Dave fühlte ich mich, als könnte ich Bäume ausreißen. Für mich war so ein Einkaufsmarathon pures Adrenalin, keine Anstrengung.

»Geht es dir gut?« Ich trat an den Kamin und sah meine Tante aufmerksam an. Dass ich kommentarlos den Raum betreten konnte, kam zu selten vor.

»Danke, es geht.« Sie drehte den Kopf und sah nun mich nachdenklich an. »Was hast du mit Dave vor?«

»Ich? Nichts.« Ich machte mich am Feuer zu schaffen, um ihren listigen Augen zu entgehen.

»Du wirst bald wieder weg sein. Denkst du, dass es klug ist, so viel Zeit mit ihm zu verbringen, ihm Flausen in den Kopf zu setzen? Dave ist ein netter Junge.«

Da konnte ich nur aus vollem Herzen zustimmen. »Das ist er. Und deshalb kann ich nicht verstehen, warum er alleine ist.«

»Und nun denkst du, er braucht deine Hilfe?«

Ich wurde rot. »Nun ja, ein wenig Unterstützung kann nicht schaden. Ich versuche nur, ihm ein paar Tipps zu geben.«

Sie sah mich wieder eine Weile schweigend an. »Das ist der Grund? Du hast nicht vor, dir ein wenig mit ihm die Zeit zu vertreiben, bis du wieder zu deinem cleveren Geschäftsmann zurückkehrst?«

Meine Wangen glühten, und ich trat rasch ein paar Schritte vom Kamin zurück. »Natürlich nicht, Tante Millicent. Aber er war von Anfang an so nett, und ich dachte, wenn ich was Gutes tun kann, solange ich hier bin ...« Ich hob lässig eine Schulter – lässiger, als ich mich fühlte. Zum ersten Mal führten wir so etwas wie ein Gespräch.

Sie nickte nachdenklich. Dann erhob sie sich mühsam und ging mit schleppenden Schritten zur Tür. »Von Anfang an. Gute Nacht, Charlotte.«

Zum ersten Mal, seit ich hier war, war mir eine ruhige Nacht beschert. Nicht ein Mal wurde ich vom Klopfen des Stockes geweckt; dafür wachte ich von selbst dreimal auf und lauschte in die ungewohnte Stille.

»Hast du gut geschlafen?« Ich nahm ausgeruht und erstaunlich gut gelaunt bei meiner Tante Platz.

»Danke.« Sie sah über den Rand ihrer Tasse zu mir. Tiefe Schatten unter ihren Augen straften ihre Worte Lügen.

»Du weißt, dass du mich jederzeit rufen kannst?« Himmel, eine einzige Nacht ohne aufzustehen, und schon wurde ich übermütig mit meinen Versprechungen.

»Ja. Nimm dir Kaffee, der Hund wartet.« Okay, alles wieder normal. Dennoch musste ich grinsen, während ich mir meinen Toast schmierte.

Selbst Butler schien sich verändert zu haben. Vielleicht lag es an den Tipps, die Dave mir gegeben hatte, aber er war lange nicht mehr so wild wie am Anfang. Er hörte, wenn ich ihn rief – nicht immer, aber immer öfter. In meinen neuen, outdoortauglichen Stiefeln stapfte ich fröhlich neben ihm her und ließ mir den Wind durch das Haar peitschen. So schlecht war es gar nicht hier. Das Einzige, was mir nun Sorgen machte, war die andauernde Funkstille mit Josh. Aber auch das war nur eine Frage der Zeit, das spürte ich genau. Es ging wieder bergauf mit meinem Leben.

»Charlotte!« Daves Gestalt tauchte hinter mir auf, und ich lief ihm entgegen.

»Und, geht's wieder mit den Füßen?«

Er grinste. »Wird schon. Was macht dein neues Schuhwerk?«

»Großartig. Ich hatte noch nie so bequeme Schuhe.«

»Das wundert mich nun nicht.« Dave hatte sich oft genug über mich amüsiert, wenn ich auf meinen hohen Lederstiefeln durch die Felder gestolpert war.

»Nur schade, dass ich mit denen zu Hause nicht

auf die Straße kann.«

»Nun, das liegt bei dir.«

Nicht nur. Josh wäre sicher nicht erfreut, wenn ich in diesen derben Stiefeln im Büro aufkreuzen würde. Er war der Meinung, dass wir Luxus verkauften und diesen auch ausstrahlen sollten. Schließlich war es alles andere als billig, eines seiner Adventure-Pakete zu buchen.

Eine Weile gingen wir in freundschaftlichem Schweigen nebeneinander her, bis auf ein paar Worte zu Butler, der immer wieder angesprungen kam.

»Irgendetwas ist heute anders an dir.« Dave sah mich nachdenklich an.

»Ich hatte heute zum ersten Mal so etwas wie ein Gespräch mit meiner Tante. Ich meine, sie hat mich nicht nur angemotzt, sondern mit mir geredet. Über nichts Weltbewegendes, aber immerhin.«

»Das ist toll. Millie ist schon richtig, das sage ich dir ja schon die ganze Zeit. Ihr werdet noch euer Herz füreinander entdecken.«

»So weit würde ich nicht gehen.« Ich musste grinsen. »Ein manierlicher Umgang reicht doch völlig aus.«

Wir waren wieder im Dorf angekommen, und Butler stand schon vor der Haustür und schien mich erwartungsvoll anzusehen.

»Vergiss nicht, dass wir heute Chorprobe haben.«

»Chorprobe? Wir?«

»Sicher. Du hast am Guy-Fawkes-Day gesagt, dass du mitgehen willst.«

»Dave, ich gehe sicher zu keiner Chorprobe. Ich wohne ja nicht mal hier, also nicht richtig.«

»Komm schon, Charlotte. Es ist für das Weihnachtssingen, und die Proben sind nett. Und viel mehr Abwechslung bekommst du zu dieser Jahreszeit an diesem Ort nicht, deshalb sind auch so viele dabei. Wir singen, und dann gehen wir zusammen in die ›Betrunkene Ente‹. Ich hole dich ab.« Damit hob er grüßend die Hand und ging mit schnellen Schritten davon.

13

Die Chorprobe fand im Gemeindesaal statt. Ich war überrascht, wie viel hier los war. Bestimmt dreißig Menschen standen plaudernd in kleinen Gruppen zusammen. Es war ein bunt gemischter Trupp, Junge, Alte und ganz Alte. Ich erkannte die Frau aus dem Metzgerladen, die mir freundlich zuwinkte, und den Postboten. Liz, Carol und Beth standen zusammen und winkten Dave begeistert zu. Lucy und Sean waren da, in einem Gespräch mit zwei Männern ihres Alters. Wir traten zu ihnen.

»Du bist also Charlotte.« Einer der beiden, ein sympathisch aussehender Mann Anfang dreißig, gab mir die Hand. »Ich bin Harry.«

»George.« Auch der zweite reichte mir seine mächtige Pranke. Ich schlug ein, und er drückte zu. Mein Gesicht verzog sich.

»Tut mir leid.« Er lächelte ein bezauberndes, schiefes Lächeln, und plötzlich war ich froh, hier zu sein. Unter Menschen meines Alters, die lächelten und sich darauf freuten, gemeinsam etwas zu tun.

»Singst du sonst auch?«

»Ich fürchte nein. Ich bin nicht gerade gut im Singen.«

»Das sind wir alle nicht. Außer ihm.« Er deutete

auf Dave. »Aber wir tun es mit Begeisterung, und nur das zählt.«

Eine kleine Frau in den Sechzigern trat in die Mitte und räusperte sich. »Schön, willkommen ihr alle. Dann wollen wir mal loslegen. Oh, ein Neuzugang.« Sie trippelte auf mich zu und gab mir die Hand. »Charlotte, was? Schön Sie zu sehen. Ich bin Clodette, ich leite diesen Chor. Singen Sie Sopran oder Alt?«

»Hmmm.« Keine Ahnung.

»Dann stecken wir Sie mal in den Sopran, und falls es nicht klappt, wechseln Sie einfach.«

Um mich herum begannen die Menschen, sich aufzustellen, und Clodette schob mich auf die rechte Seite. Ich sah, dass auch Lucy und Liz hier standen; Beth und Carol platzierten sich links.

»Wir wollen dieses Jahr drei neue Stücke einüben, der Rest ist bekannt. Dave, wo bist du, mein Junge? Ich brauche dich doch hier vorne.«

Dave trat vor, und Clodette sah ihn einen Moment an. »Oh. Du hast aber die Haare schön«, sagte sie dann, und alle lachten. Mir ging ein Licht auf: Das war die Clodette, die hier im Ort das Zepter bzw. die Haarschere führte. »Hast du noch was vor?« Sie zwinkerte, und ich atmete auf. Anscheinend war sie nicht beleidigt, weil Dave einen anderen Friseur aufgesucht hatte.

»Hier sind die Noten, Harry, sei so gut und verteile die an alle.« Sie wies auf einen alten Rollkoffer, der in der Ecke stand, und Harry entnahm ihm rote Mappen.

Er verteilte sie, und ein Rascheln und Blättern begann, als alle schnell nachsahen, welche Lieder dieses Jahr wohl auf dem Programm standen. Ich hörte Stöhnen und zustimmendes Murmeln und warf selbst einen Blick in die Notenmappe, die Harry mir strahlend in die Hand gedrückt hatte.

»Wir fangen zum Aufwärmen mit ›O Come All Ye Faithful‹ an.« Clodette hatte einen kurzen, dünnen Stab hervorgezaubert und schlug damit auf das Pult, das vor ihr stand. Sie hob die Arme, senkte den Stab und der Chor setzte ein.

Ich war sprachlos. Dave hatte gesagt, der Chor kam immer nur zur Weihnachtszeit zusammen und nur für das Weihnachtssingen. Ich hatte also mit einem recht amateurhaften, wenn auch ambitionierten Singen gerechnet. Was hier aber einsetzte, war ein kraftvoller, vierstimmiger Chor, der so inbrünstig sang, dass ich mir auf die Lippen beißen musste, um nicht spontan in Tränen auszubrechen.

Clodette klopfte, und alle hörten auf und sahen sie an. »Charlotte, ich kann dich nicht hören.«

»Ähm.« Ich schluckte.

»Am besten singst du mal ein paar Zeilen alleine.«

Mein Herzschlag setzte einen Moment aus. »Ich ... lieber nicht. Vielleicht höre ich einfach zu.«

»Nichts da. Wir sind unter uns, also los.«

Alle starrten, und Dave sah besorgt aus. Ich räusperte mich. »Ich bin gerade ... Das war so schön.«

Clodette nickte. »Ja, ich weiß, Liebes. Trauen Sie sich.«

Ich senkte meinen Blick auf die Noten. Ich sang gerne, aber hier vor allen? Langsam begann ich, und meine Stimme, sonst nicht wirklich schlecht, klang dünn und kraftlos.

»Das können Sie besser. Stellen Sie sich gerade und aufrecht hin. Öffnen Sie Ihren Mund weit.« Sie starrte mich einen Moment an. »Warten Sie, vielleicht nehmen wir was anderes.« Sie blätterte durch die Noten. »›We wish you a merry christmas‹, das ist gut, das kennt doch jeder.«

Ich nickte kläglich und holte Luft. »We wish you ...«, begann ich und sang nicht gerade brillant die ersten Zeilen.

»God tidings we bring ...« Dave setzte plötzlich ein mit einer wunderbaren, warmen und klaren Stimme. Er sah mir fest in die Augen und nickte kaum merklich, und ich nahm den Refrain auf.

Und plötzlich ging es. Dave sang die Strophen, und ich den Refrain, und es klang wunderbar und gar nicht jämmerlich.

»Na also.« Clodettes Augen strahlten. »Aber du singst besser im Alt mit. Und vielleicht«, sie grinste, »sollten wir für euch beide ein Duett aussuchen.« Damit schob sie mich auf die andere Seite, und die Probe begann.

»Sie macht das mit jedem neuen Sänger. Wir denken uns alle schon nichts mehr dabei. Ich hätte dich warnen sollen.« Dave hatte wenigstens den Anstand, betreten zu wirken.

»Allerdings.« Wir gingen ein paar Schritte hinter den anderen her Richtung Pub.

»Aber wenn ich das gemacht hätte, wärst du nicht mitgekommen.«

»Ganz genau.«

»Also, deshalb habe ich es nicht getan. Und es hat dir doch Spaß gemacht, oder?«

»Nun ja. Ja.« Es hatte mir Spaß gemacht, nachdem Clodettes Prüfung vorbei war und ich wieder einigermaßen ruhig atmen konnte. Das Singen an sich mit diesem enthusiastischen Chor war grandios gewesen. Diese ganzen alten, wohlvertrauten Lieder, die kräftigen Stimmen und lachenden Gesichter hatten mich in eine wunderbare Stimmung versetzt. Und schließlich hatte ich alle Vorsätze fallen lassen und genauso inbrünstig gesungen wie die anderen.

Früher einmal hatte ich oft und gerne gesungen.

Ich war sogar der Ansicht gewesen, dass meine Stimme recht gut war, und als Teenager hatte ich heimlich davon geträumt, einmal in einer Band zu singen. Auf der Bühne zu stehen, und die Menschen mit meinem Gesang zu unterhalten, ihre begeisterten Gesichter zu sehen und den Applaus zu hören. Mit Laureen war ich dann öfters in Karaoke-Bars gewesen, und wir hatten immer eine Menge Spaß gehabt. Nun ja, die anderen zumindest, wie ich nun wusste. Denn niemand hatte mir gesagt, dass meine Stimme nicht mehr als Durchschnitt war, niemand, bis Josh kam.

Auch mit ihm waren wir zum Karaoke singen gegangen. Ich hatte mich auf die Bühne gestellt und voller Leidenschaft gesungen. Ich konnte mich noch gut daran erinnern, der Saal hatte getobt, und die Menschen hatten wie wild applaudiert. Strahlend war ich danach zu Josh an den Tisch zurückgekehrt.

»Und?« Ich hatte ihn verführerisch angelächelt, sicher, nun ein Kompliment zu bekommen.

»Nett.« Seine Antwort hatte mich gekränkt, und das sah er.

»Nein, du warst toll. Spitze.« Aber seine Augen hatten was anderes gesagt. Inzwischen war auch die junge Frau nach mir fertig, und wieder brandete Applaus auf. Josh sah auf die Uhr. »Himmel, wie lange werden wir denn bleiben? Und wie viele mäßig begabte Darbietungen müssen wir noch ertragen?«

Wir waren fünf Minuten später auf dem Heimweg. Mäßig talentiert. Ertragen. Er musste mir nicht sagen, was er von meinem Gesang hielt. Nach diesem Abend gab ich das Singen auf. Ich sang nur noch zu Hause, und auch das nicht mehr, seit wir zusammen wohnten.

14

»Charlotte, hier, setz dich zu uns.«

Harry winkte aufgeregt, und wir drängten uns durch den vollen Raum an seinen Tisch.

»Ein Bier für Charlotte. Das geht auf mich.« Er winkte der Bedienung und grinste. »Auf unsere neue Stimme.«

Ich lächelte unverbindlich.

»Dave hat dich lange genug vor uns versteckt.« Er klopfte ihm freundschaftlich auf die Schultern.

»Ich hab sie nicht versteckt.« Dave nahm einen Schluck Bier. »Wir waren am Guy-Fawkes-Feuer.«

»Und dann seid ihr verschwunden, ehe wir uns bekanntmachen konnten. Bevor wir mit dem Feuerwerk fertig waren!« Harry sah Dave an. »Du kannst dir nicht immer alle schönen Mädchen alleine unter den Nagel reißen.«

»Ich reiße mir gar nichts unter den Nagel.« Dave lächelte entspannt, trotzdem hielt ich es für besser, mich einzuschalten.

»Ich bin hier, um mich ein wenig um meine Tante zu kümmern. Ich bin die meiste Zeit bei ihr.«

»Millie? Ja, das ist gut, dass du bei ihr bist. Ist ein tapferes, altes Mädchen. War immer dabei, wenn es was zu feiern gab. In meiner Kindheit war sie stets präsent.« Harry sah einen Moment in sein Glas, und sein Gesicht drückte echte Anteilnahme aus.

Seltsam. Manchmal dachte ich, dass jeder hier eine andere Frau kannte als ich.

»Sie hat auch immer im Chor mitgesungen. Keine besonders gute Stimme, aber viel Begeisterung.« Alle am Tisch lachten.

»Auf Millie!« George hob das Glas, und wir erwiderten seinen Toast. Eine neue Runde Bier kam, und Harry und George begannen, unterhaltsame Geschichten aus dem Dorf zum Besten zu geben. In vielen kam Tante Millie vor, und ich lauschte erstaunt. Sie war tatsächlich eine prägende Figur gewesen. Sie hatte für die Renovierung des Kirchenturms gekämpft und tatsächlich die benötigten Gelder aufgetrieben. Sie hatte jahrelang im Frauenverein den Vorsitz gehabt und Regie geführt bei den jährlichen Freiluft- Theateraufführungen desselben. Und sie hatte jeden mindestens einmal dabei erwischt, wie er in jungen Jahren auf einer dieser Veranstaltungen mit einem Mädchen im Gebüsch verschwand.

»Ich schwöre es dir, sie konnte es riechen. Ich weiß noch, wie ich einmal im Sommer mit Tilly Briggs verschwand. Wir haben extra gewartet, bis sie abgelenkt war, und sind dann verschwunden. Ich hatte gerade eben meine Hände auf diesen prächtigen Hintern gelegt, als Millie wie ein Racheengel neben uns auftauchte. Sie hat der armen Tilly eine Gardinenpredigt gehalten, die sich gewaschen hatte, und mich ... Mich hat sie mit einem Blick vernichtet. Es hat zwei Jahre gedauert, bis ich endlich doch noch bei ihr zum Zug gekommen bin. Bei Tilly, meine ich.« Harry lachte. »Wie haben wir Millie damals gehasst.«

»Wir haben uns einen Sport daraus gemacht, ihren Argusaugen zu entgehen. Leider waren die Mädchen so eingeschüchtert, dass wir trotzdem eine ziemliche traurige Jugend hatten.« George stimmte in das Lachen ein. »Bis wir es heraushatten. Wir mussten nur dafür sorgen, dass zur gleichen Zeit genügend Paare in die verschiedensten Richtungen davoneilten. Und dann hoffen, dass man dasjenige war, das sie zuletzt fand. Dave war ganz gut darin.«

»Ach ja?« Ich sah den Mann neben mir an.

»Sie hielt mich wohl für das kleinere Übel, deshalb jagte sie immer zuerst diese beiden. Nun, ich habe mich nicht beklagt, das hat mir ein paar nette Momente beschert.«

»Und ihm die besten Karten bei den Mädchen eingebracht. Keine wollte von ihr erwischt werden, und deshalb waren sie alle hinter ihm her. Nur deshalb.« Harry hob einen Zeigefinger. »Und er hat es schamlos ausgenutzt.«

Das waren ja ganz neue Informationen. Dave war also der heimliche Dorf-Casanova gewesen? Ich konnte verstehen, dass Tante Millie ihn nicht auf dem Radar gehabt hatte; er wirkte so unschuldig, was das anging, zumindest im Vergleich zu Harry und George, die auch heute noch ganz offensichtlich einem schönen Flirt nicht aus dem Wege gingen.

»So war das also?« Ich sah ihn an.

»Nun, ich war jung.« Dave zuckte die Achseln und grinste, ehe er die nächste Runde Bier bestellte.

Harry und George waren gute Unterhalter. Sie hatten kein Problem damit, sich selbst in den Geschichten auf den Arm zu nehmen, und wir verbrachten eine heitere Zeit. Sie überschlugen sich damit, mich zum Lachen zu bringen, und ich wurde unvorsichtig. Ich trank und lachte, und dann kam das nächste Bier, und wieder trank ich. Und das, obwohl ich Bier normalerweise überhaupt nicht mochte. Hier jedoch, in diesem Pub und in dieser Runde, schien es mir unpassend, einen leichten Weißwein oder gar ein Wasser zu bestellen, und bald war ich in ziemlich gelöster Stimmung. Ich feuerte die beiden an, mehr zu erzählen, und sie taten das nur zu gerne. Meine Wangen glühten, und ich fühlte mich lebendig wie lange nicht mehr. Dann wurde am Nebentisch begonnen zu singen. Keine Weihnachtslieder, sondern Trinklieder. Es dauerte nicht lange, und Harry und George stimmten ein, und schließlich sang auch ich mit. Clodette saß auf ihrem Stuhl in der Ecke und schien beglückt. Sie hatte die Augen geschlossen und wedelte mit ihrem Zeigefinger durch die Luft. Nur Dave sang nicht mit. Er hatte sich auf seinem Stuhl zurückgelehnt, die Beine von sich gestreckt und sah uns mit einem Grinsen im Gesicht zu. Erst als die Glocke ertönte und die Sperrstunde ankündigte, ebbte der Gesang ab.

»Danke, dass du mich mitgenommen hast.« Ich hatte mich bei Dave eingehakt und ging selig neben ihm die Straße entlang.

»Gerne.« Dave schien immer noch zu grinsen. »Aber dass du so viel Spaß haben würdest ...«

Ich nickte. Ich hatte eine Menge Spaß gehabt. Es tat unendlich gut, unter Menschen zu sein, die gut gelaunt waren. Und die mich mochten. Harry und George waren fest entschlossen gewesen, mich noch nach Hause zu begleiten, doch Dave hatte entschieden abgelehnt.

»Ich habe Millie versprochen, auf sie aufzupassen. Und wenn sie hört, dass Charlotte mit euch beiden alleine unterwegs war, dann bin ich geliefert.«

Ich hatte protestiert, hatte gesagt, dass wir ja keine fünfzehn mehr wären und sie es nicht mitbekommen würde.

»Sie bekommt alles mit. Keine Diskussion«, hatte

Dave gesagt, und ich hatte mich mit hochgezogenen Brauen von den beiden verabschiedet. In Wahrheit hatte ich nichts dagegen, alleine mit ihm nach Hause zu gehen. Die Nacht war trocken, aber kalt, und es lag schon ein Hauch Schnee in der Luft.

»Weißt du, das war richtig schön. Das Singen und alles.«

»Besonders alles?«

»Nein. Ja, doch. Es ist unglaublich. Hier scheint es keinen zu interessieren, was du tust oder wie erfolgreich du bist. Du bist einfach ein Mensch.« Ich hatte gesprochen, ohne nachzudenken.

Dave ging jedoch sofort darauf ein. »Ist das in Bristol nicht so?«

»Ich weiß nicht. Schon, aber anders. Alle sind derart gut aussehend und haben tolle Jobs.«

»Bestimmt nicht alle.«

»Nun, die, die wir kennen auf jeden Fall.« Ich dachte nach. Wann waren wir zuletzt ausgegangen, nur um Spaß zu haben? Natürlich hatten wir Spaß, aber da waren immer auch andere Sachen wichtig. Vernetzen, Kontakte knüpfen, Kunden finden. Einfach zusammen trinken und singen? Undenkbar.

»Ich glaube, ich werde das hier direkt vermissen.« Schon wieder hatte ich nicht nachgedacht.

»Uns?«

»Ja. Und vor allem dich, du Casanova. Warte nur,

wenn ich Tante Millie erzähle, was ich heute erfahren habe.«

»Das wirst du nicht tun. Sie hält große Stücke auf mich.«

»Ja, noch.« Ich kicherte. »Mit den Mädels im Gebüsch. Warst du wirklich so schlimm, wie sie sagen?«

»Nun, ich hatte meine Momente.« Er lachte. »Allerdings ist das lange her.«

»Aber wieso? Wieso ist das lange her?«

»Nun, inzwischen habe ich eine Tür mit Schloss, und die Gebüsche werden definitiv überbewertet.«

»Du!« Ich versuchte, ihm einen Schlag auf den Arm zu verpassen, aber der Boden war stellenweise glatt, und ich nicht mehr sicher auf den Beinen. Ehe ich mich versah, rutschte ich aus.

Daves Arme waren schnell, und er umfing mich, ehe ich auf dem Boden aufschlug. Einen Moment drückte er mich an sich, und ich spürte seine Wärme, die Kraft in seinen Armen und roch den verführerischen Geruch, der von ihm ausging. Eine Mischung aus Tieren, Pub und etwas anderem. Kein Aftershave, etwas viel Besseres.

»Du riechst gut.« Ich wollte noch einen Moment länger hierbleiben, genauso, so umfangen und geborgen.

»Du auch.« Daves Stimme war sanft.

»Hmm.« Ich drückte meinen Kopf noch ein bisschen fester an seine Jacke. »Jetzt verstehe ich auch, wie du all diese Mädchen ins Gebüsch bekommen hast.« Ich hatte das Falsche gesagt. Dave löste seine Arme und rückte etwas ab.

»Komm schon, Charlotte. Ich denke, es ist besser, ich bringe dich jetzt nach Hause.«

Der nächste Morgen begann mit Kopfschmerzen. Ich lag einen Moment im Bett und versuchte, mich an den gestrigen Abend zu erinnern. Harry und George fielen mir ein, und Dave. Er hatte mich vor der Haustür auf die Wange geküsst. Wieso kam mir der Gedanke daran so plötzlich in meinen Sinn? Wieso dachte ich überhaupt daran? In Bristol küsste doch auch jeder jeden zum Abschied. Ich bemerkte es gar nicht mehr. Wieso also bei Dave?

Weil es schön gewesen war, dachte ich. Ein Freund, den ich wirklich mochte. Wie viele davon hatte ich? Die meisten unserer Freunde waren nett, aber ehrlich gesagt nicht die, die ich mir ausgesucht hätte. Zu distanziert. Irgendwie hatte ich in den vergangenen Jahren den Kontakt zu all meinen alten Bekannten verloren. Schulkameraden, Weggefährten aus der Kindheit, alle hatten sich in die verschiedensten Richtungen zerstreut. Ich hatte nie darüber nachgedacht. Ich hatte dafür Josh bekommen, und das reichte. Und seine Freunde, die nun die meinen waren. Und Laureen. Sie war die Einzige, die von meiner alten Clique übrig geblieben war. Und dennoch herrschte seit Wochen nahezu Funkstille zwischen uns. Das würde ich ändern müssen.

Ein Blick auf die Uhr riet mir allerdings, das später zu tun. Tante Millicent würde schon warten.

»Alle scheinen dich zu vermissen, Tante Millicent. Wieso hast du dich so zurückgezogen?«

Sie schnaubte und deutete auf ihren Stock. »Denkst du, der ist zur Zierde? Ich kann nicht mehr ins Dorf laufen.«

»Aber du bekommst auch keinen Besuch.« Ich wusste nicht, ob ich damit eine Grenze überschritt, doch ich war tatsächlich verwirrt. Alle redeten voller Hochachtung von ihr, und dennoch kam nie jemand, um nach ihr zu sehen.

»Ich bin kein Tier, das man besichtigt. Man braucht mich nicht in diesem Zustand zu sehen.«

»Wieso ist dir das unangenehm?«

»Wieso stellst du plötzlich solche Fragen?« Ihre Augen waren schmal geworden.

»Weil es mich interessiert. Wenn die Leute von dir reden, kann ich spüren, wie viel Hochachtung sie vor dir haben.« Ich überlegte kurz, dann fuhr ich etwas leiser fort. »Wie sehr sie alle dich mögen.«

»Und das überrascht dich?« Sie hatte wieder diesen Blick, den ich so fürchtete. Listig.

»Nein. Nun, vielleicht doch.« Ich atmete tief durch und sah ihr in die Augen. »Seit ich hier bin, bist du so ... abwehrend.«

»Ich habe dich nicht eingeladen zu kommen.«

»Nein, das hast du nicht.« Ich stand auf. »Aber du hast auch nicht gesagt, dass ich nicht kommen soll. Vielleicht sollten wir das jetzt endlich klären. Ein Wort, und ich gehe.«

Wieder blitzten ihre Augen auf, aber diesmal sah ich zu meiner Überraschung etwas anderes darin. Anerkennung, und fast Freude.

»Bravo. Endlich einmal sagst du, was du wirklich denkst.« Sie machte eine kleine Pause, dann sprach sie weiter. »Es wäre schön, wenn wir nach deinem Spaziergang wieder einmal lesen könnten. Ich mag es, wie du Jane Austen vorträgst.«

»Und dann«, ich sah Dave an, »und dann sagt sie plötzlich, dass es ihr gefällt, wenn ich ihr vorlese.« Ich konnte selbst hören, wie triumphierend meine Stimme klang.

Heute Abend hatte ich es nicht mehr ausgehalten und war nach dem Abendessen losmarschiert in Richtung »The Pippins«. Ich musste endlich jemandem erzählen, was sich in den letzten zwei Tagen verändert hatte. Auf meinen Spaziergängen hatte ich unentwegt Ausschau nach ihm gehalten, aber Dave war nicht aufgetaucht. Das lag vermutlich daran, dass ich in der letzten Zeit immer erst etwas später aus dem Haus gekommen war. Ich schlief besser, und Tante Millicent weckte mich nicht mehr beim ersten Morgengrauen mit ihrem unsäglichen Geklopfe.

»Das freut mich, Charlotte.«

»Ja, und überhaupt ist sie plötzlich ganz anders. Also, nicht unsagbar nett oder so, das wäre wohl übertrieben, aber ...« Ich dachte nach. »Sie ist nicht mehr ganz so gemein. Sie sagt immer noch blöde Sachen, aber der Ton ist anders. Ich habe das Gefühl, sie fängt an, mich zu mögen.«

»Weshalb überrascht dich das?«

»Weil«, ich dachte nach. Wieso war ich überrascht, wenn mich jemand mochte? »Nun, ich tue ja nicht wirklich was für sie. Ich bin einfach nur da.«

»Und das ist eine ganze Menge. Wieso machst du das so klein?«

Himmel, Dave hatte manchmal eine Art, Fragen zu stellen, auf die ich keine Antwort wusste. Oder nicht wissen wollte. Warum mochte man jemanden? Weil er etwas für dich tat. So war es doch auch mit Dave und mir, oder? Ich hatte ihn von Anfang an gemocht, weil er mit mir redete, lachte und zuhörte. Er hatte mir geholfen, die ersten Wochen durchzuhalten. Aber was war sein Grund? Was tat ich für ihn?

Nun, ich würde ihm zu seinem Liebesglück verhelfen, allerdings wusste er das noch nicht. Welchen Grund konnte er haben, mich zu mögen?

»Du bist eine kluge und warmherzige Frau. Du sorgst dich um andere, und du kümmerst dich. Warum sollte jemand dich nicht mögen?«

Konnte er meine Gedanken lesen?

»Als ich dich zum ersten Mal sah, draußen auf dem Feld, mit Butler und deinen schicken Stiefeln und Klamotten, da war es offensichtlich, dass du nicht von hier bist. Du hast verzweifelt ausgesehen und traurig, aber dennoch warst du freundlich und nett. Ich habe dich vom ersten Moment gemocht.«

Daves Worte schienen direkt in mein Herz zu zielen. »Ich dich auch, in deinen karierten Hemden und mit dem Stallgeruch. Wenigstens war bei dir klar, dass du nur von hier sein kannst.«

»Stallgeruch, was?« Dave hob gespielt entrüstet die Augenbrauen, dann zog er mich lachend an sich. Und da war sie wieder, diese Mischung aus Tieren, Wolle und Dave, und ich sog tief die Luft ein. Sicherheit, dachte ich. So riecht Sicherheit.

»Dave?«

»Hmm?«

»Dave, denkst du, dass ich schwierig bin? Ich meine, kompliziert und eigensinnig und so?«

Er sah überrascht zu mir herunter. Ich hatte mich bequem an ihn gelehnt, die Beine angezogen. Ein Sofa in der Küche war wirklich keine schlechte Idee. »Kompliziert? Du?«

»Ja. Ich meine, bin ich schwierig?«

»Charlotte, ich kenne keinen Menschen, der unkomplizierter ist. Also gut, diese Kleidersache, das ist strange, aber ansonsten ... Ich denke eigentlich, dass es nicht schaden könnte, wenn du ein wenig schwieriger wärst.«

Diese Antwort hatte ich nun gar nicht erwartet. »Wie meinst du das?«

»Charlotte, sei mir nicht böse, aber du bist so sehr darauf fixiert, es jedem recht zu machen. Du stellst deine Wünsche hinten an. Du passt dich immerzu an.«

»Aber«, ich suchte nach den richtigen Worten und biss mir nachdenklich auf die Unterlippe dabei. »Aber das ist doch nicht schlecht, oder? Ich meine, man muss doch Rücksicht nehmen, die Wünsche anderer respektieren.« Daves Antworten waren nicht das, was ich erwartet hatte. Statt mich zu bestätigen, verunsicherte er mich.

»Klar muss man das, besonders in einer Beziehung. Dennoch darf man sich nicht selbst verlieren dabei.«

Ich atmete auf und setzte mich aufrecht hin. »Das

ist klar.« Und ich verlor mich ja nicht. Ich verbesserte mich.

»Also denkst du nicht, dass ich als Freundin etwas falsch mache? Zu viel verlange?«

Dave seufzte. »Du warst nie meine Freundin. Nicht in dem Sinne, um den es dir hier offensichtlich geht. Aber als eine Freundin bist du perfekt. Auch wenn ich mich langsam frage, wer wohl die echte Charlotte ist.«

Ich drückte kurz seine Hand. »Ich bin die echte Charlotte. Danke, Dave. Du bist großartig, weißt du das?«

»Ja, das weiß ich.« Jetzt grinste er wieder frech. »Und ich habe vor, genauso zu bleiben. Mir ist es nämlich egal, ob mich jemand für schwierig hält, solange ich mich wohlfühle.«

Ich glaube, es war mir noch nie derart leichtgefallen, mit einem Menschen zu reden und zu lachen wie mit Dave – abgesehen von Josh natürlich. Wenn Dave und ich zusammen waren, dann fühlte ich mich geborgen und wohl. Er war das, was alle wollten: der perfekte beste Freund.

»Wir sollten mal ernsthaft darüber nachdenken, wie es mit Millie weitergeht.« Mein perfekter bester Freund spürte nichts von der weihevollen Stimmung, die mich ergriffen hatte. »Wir sollten sie irgendwie zurückholen ins Leben.«

»Darüber habe ich auch schon nachgedacht.« Ich zwirbelte eine Haarsträhne zwischen meinen Fingern. »Sie sollte ab und zu wieder raus, Menschen treffen. Oder wir laden jemanden ein, zum Tee oder so.«

»Siehst du, das ist es. Du kümmerst dich um andere. Das mag ich an dir.«

Ich nickte. Ja, ich kümmerte mich, aber das tat ich nicht ganz grundlos. Es waren nur noch sechs Wochen bis Weihnachten, und dann würde ich von hier verschwinden. Und egal, was gewesen war, Tante Millicent war mir nicht gleichgültig. Ich wollte sicher sein, dass es ihr gut ging, wenn ich mit Josh in unser neues Leben aufbrach.

»Das Problem ist nur, dass sie ziemlich stur ist. Du kennst sie ja. Also, was schlägst du vor, wie bekommen wir sie unter Leute?«

Dave sah einen Augenblick in das verlöschende Feuer im Kamin. »Ich werde mir was einfallen lassen.«

15

»Und das ist wieder was zum Anziehen?« Tante Millicent deutete auf mein letztes Wort.

»Aber natürlich. ›Treggings‹ sind diese schmalen, eng anliegenden Hosen, eine Mischung aus Leggings und ...«

Sie hob die Hand. »Und du hast ein Paar davon.«

Ich lachte. »Nein, dafür muss man richtig dünn sein.«

Sie hob überrascht den Kopf. »Du bist richtig dünn.«

»Nicht da, wo ich herkomme.« Ich schüttelte den Kopf.

»Unsinn. Wie dürr willst du sein? Männer wollen auch ein paar Kurven. Zu meiner Zeit war das jedenfalls so. Da wärst du ganz schön hintenangestanden.«

Ja, gute alte Zeit. Aber dennoch fühlte ich, wie mich ein gutes Gefühl durchströmte. Sie hielt mich für dünn, zu dünn. Konnte es ein besseres Kompliment geben? Mir hatte jedenfalls noch nie jemand gesagt, dass ich es wäre. Im Gegenteil. Die einzige Treggings, die ich hatte, lag unbenutzt in meinem Schrank, weil Josh sie nicht mochte. Er fand, dass sie mich kleiner und stämmiger machte, und natürlich hatte er recht. Das war auch der Grund, weshalb ich immer und überall hohe Schuhe getragen hatte. Jeder Zentimeter zählte, und alles, was meine Beine länger und schmaler machte, war willkommen.

»Ich dachte übrigens, dass wir Dave heute Abend zum Essen einladen könnten.« Sie hob den Blick nicht von ihren Buchstaben. »Wenn es dir recht ist.«

»Klar.« Das war mir sogar sehr recht. Schließlich hatte er mir versprochen, sich was auszudenken. Und ich zählte fest darauf, dass ihm was einfiel.

»Gut. Dann werde ich ihn nachher anrufen.« Sie schob die Plättchen hin und her und legte dann zügig ihr nächstes Wort aus. »Verbesserer.«

»Das Rinderfilet ist vorzüglich.« Dave nahm dankend noch eine zweite Portion an.

»Das Lob gebührt Grace und Charlotte. Die beiden haben gekocht.«

Ich nickte stolz. Grace hatte mich heute Mittag zu sich in die Küche gelassen, und zusammen hatten wir überlegt, was es geben sollte, und alles vorbereitet, sodass ich heute Abend alles gut bewältigen konnte.

»Übrigens, Millie, nächste Woche gibt es drüben in Crown Cottage eine Abendeinladung. Du hast davon gehört?«

Sie nickte knapp. »Phyllis hat mir eine Einladung

geschickt. Weiß nicht, was sie sich dabei gedacht hat.«

»Du und Phyllis, ihr wart sehr gute Freunde.«

»Das sind wir immer noch, was mich betrifft. Aber die Zeiten sind anders. Ich kann nicht mehr zu einer Abendveranstaltung gehen. Ich kann kaum den Weg vom Esszimmer ins Schlafzimmer bewältigen.« Ungeduld lag in ihrer Stimme und wieder diese Verbitterung. Aber zum ersten Mal auch etwas anderes, ein Hauch des Bedauerns.

»Es gibt Mittel und Wege ...« Dave sprach langsam und überlegt. »Wenn du es willst, können wir es problemlos schaffen.«

»Du willst mich in einen Rollstuhl packen?« Wieder funkelten ihre Augen, was Dave allerdings gar nicht beeindruckte.

»Wieso nicht? Das ist doch keine Schande. Eine Schande ist es, sich so zurückzuziehen und die alten Freunde zu vernachlässigen.«

Ich erwartete eine Replik, aber zu meiner Überraschung sah Tante Millicent nachdenklich auf ihren Teller. Mein Blick wanderte zu Dave. Er sprach mit ihr wie mit Butler, fiel mir plötzlich auf. Ruhig, ohne die Stimme zu erheben. Sanft, aber bestimmt. Und er hatte Erfolg damit, bei beiden.

»Wie kommt man an so ein Ding heran?«

»Darum kann ich mich kümmern.« Ich sprang

Dave begeistert zur Seite. Organisieren, das konnte ich.

»Na dann«, Tante Millicent holte tief Luft, »dann werden wir eben nach Crown Cottage gehen.«

Dave und ich tauschten einen Blick.

»Wenn wir schon wieder anfangen zu leben, dann richtig. Lasst uns über die Stränge schlagen. Wer will einen zweiten Sherry?« Daves Gesicht strahlte so sehr, dass ich ihn einen Moment lang am liebsten geküsst hätte. Nur wegen Tante Millicent versteht sich.

»Crown Cottage?« Ich sah zu Dave auf. »Cottage? Das ist doch wohl ein Witz.«

Alles war nach Plan verlaufen, und heute Abend endlich hatten wir Tante Millicent zum ersten Mal aus dem Haus bekommen. Ich hatte ihr geholfen, sich die Haare zu frisieren, weil mir aufgefallen war, dass sie die Arme nicht mehr anheben konnte. Sie hatte sich widerwillig mit dem Rollstuhl arrangiert, der Anfang der Woche geliefert worden war, und sie wurde nicht müde zu betonen, dass sie ihn gar nicht mochte. Dennoch konnte sie eine gewisse Freude darüber, wieder etwas mobiler zu sein, nicht ganz verbergen.

»Das ist das berühmte Understatement der Crowns.« Dave lachte leise. »Gefällt es dir?«

Ob es mir gefiel? Himmel, Crown Cottage war ein

Herrenhaus, wie ich es bisher nur aus Filmen kannte. Groß, wuchtig, wunderschön. Und ich war dort eingeladen. Ich wurde ganz aufgeregt. »Das ist großartig.«

Crown Cottage lag außerhalb des Dorfes, und irgendwie hatte ich mit einer Art Farm gerechnet oder so. Nun wusste ich, dass es außerhalb lag, um Platz genug zu haben, für sich und die ausgedehnten Ländereien, die es umgab.

»Phyllis Crown hat einen adeligen Stammbaum, musst du wissen. Die korrekte Anrede ist Lady Crown, aber sie hat nie Wert darauf gelegt. Du wirst ja selbst sehen.«

Eine adelige Lady! Ich wünschte, Josh wäre hier. Er würde diesen Abend lieben, das Haus und seine Lady, da war ich mir sicher. Josh hatte eine Vorliebe für »das alte England«, wie er es nannte. Mich erfüllte es ehrlich gesagt eher mit Schrecken, aber Dave strich mir beruhigend über den Arm. »Wird schon. Na los. Ich habe mir schließlich nicht umsonst all diese Mühe gemacht.«

Spontan beugte ich mich zu ihm und drückte ihm einen Kuss auf die Wange. »Das hast du. Vielen Dank.«

Er hatte mir gestanden, dass er persönlich bei Phyllis gewesen war, um diese Abendgesellschaft zu initiieren. Er war damit auf offene Ohren gestoßen, aber das war nicht wichtig. Wichtig war, dass er sich gekümmert hatte und den Stein ins Rollen brachte. Oder Tante Millie in den Rollstuhl. Er oder sonst wer hatte auch dafür gesorgt, dass eine Rollstuhlrampe seitlich an der breiten steinernen Treppe angebracht worden war. Meine Tante seufzte. »So viel Aufwand für einen Abend.«

»Nun, ich hoffe doch sehr, dass du nun wieder öfters hier sein wirst, nachdem du deinen Starrsinn überwunden hast.«

Eine Frau war oben in der Haustür erschienen. Sie war alt, wie meine Tante, und trug ein dunkelblaues, schmal geschnittenes Kleid mit eng anliegenden Ärmeln, in dem sie sehr gut aussah. Die kurzen grauen Haare waren in sorgsamen Locken frisiert. Sie hielt sich sehr gerade und strahlte tatsächlich eine gewisse aristokratische Haltung aus. Aber nur kurz, denn dann eilte sie geschwind die Stufen hinab und schlang ihre Arme umstandslos um Tante Millicent.

»Ich freue mich so, dich mal wieder zu sehen. Ich wäre längst gekommen, hättest du nur ein Wort gesagt.«

»Nun mach keinen solchen Affentanz, Phyllis. Jetzt bin ich ja da.«

Lady Crown – Phyllis – lachte. »Noch ganz die Alte. Nun, herzlich willkommen und nur herein. Sie müssen Charlotte sein. Willkommen in Crown Cottage.«

»Danke. Und danke für die Einladung, Lady Crown.« Ich überlegte einen Moment, ob ich knicksen sollte, aber sie lachte nur laut und herzhaft. »Phyllis reicht vollkommen. Und, Dave, mein lieber Junge.« Sie wandte sich um und hielt ihm ihre Wangen zum Kuss hin. »Wie schön. Das wird ein Spaß. Die anderen sind schon da, also lasst uns reingehen.«

In dem großen, beeindruckenden Speisesaal warteten die anderen Gäste sichtlich gespannt auf uns. Ich zählte rasch durch; es waren ohne uns elf Personen anwesend. Überrascht sah ich, dass ich eine davon kannte; Clodette winkte mir fröhlich zu.

»Das ist mein Mann, Broderick.« Ich ergriff die Hand und schüttelte sie.

Broderick Crown war groß und stattlich, mit einer wettergegerbten Haut und einem einnehmenden Lächeln. »Schön, Sie hierzuhaben.«

Ich lächelte, aber Phyllis zog mich schon weiter. »Hier haben wir Iris und Phil Schumaker.«

Wieder schüttelte ich die dargebotenen Hände. Phil kam mir seltsam vertraut vor, seine Augen und der Mund. Ich überlegte noch, als Iris mich herzlich begrüßte. »Wie schön, Sie endlich kennenzulernen. Unser Sohn schwärmt in den höchsten Tönen von Ihnen. Harry.« Sie zwinkerte mir zu. »Aus dem Chor.«

»Oh. Ich habe gerade überlegt, woher ich Sie beide kenne. Er ähnelt Ihrem Mann sehr.«

»Das tut er.« Sie kicherte wie ein Mädchen. »Und glauben Sie mir, das ist nicht immer von Vorteil.«

»Francis Withmann. Schön, Sie endlich kennenzulernen.« Dieser Mann war nicht ganz so alt, ein eher unscheinbarer Mann mit einem freundlichen Gesicht, und der kleine, weiße Kragen an der Vorderseite des schwarzen Hemdes wies ihn als Geistlichen aus. Er hatte eine Augenbraue gehoben, als er mit mir sprach, aber das Lächeln milderte den Eindruck. Ich reichte ihm meine Hand. »Ebenfalls.«

Er lachte. »Nun, wir hätten uns schon viel früher kennenlernen können. Ich hoffe, von nun an sehen wir uns regelmäßig.«

»Ähm, ja.« Ich wandte mich Hilfe suchend zu Dave.

»Mr Withmann ist unser Pfarrer, und er ist sehr engagiert, was seine Schäfchen betrifft. Und die regelmäßigen Gottesdienstbesuche.«

»Es wäre schön, wenn Sie Millie mal wieder in das Haus des Herrn bringen würden.«

Ich nickte. Ich hatte ja keine Ahnung gehabt, dass Millie gerne das Haus des Herrn besuchen würde.

»Ich werde sehen, was sich machen lässt. Sie ist leider ans Haus gefesselt.« Ich hatte den Eindruck, mich entschuldigen zu müssen, weil ich nicht alles getan hatte, um sie zur Messe zu verfrachten.

»Sie entschuldigen?« Phyllis schob mich sanft weiter zum nächsten Paar. »Das sind die Bakers, Irene und Anthony. Ihnen gehört der kleine Laden im Dorf.«

»Wie schön.« Ich reichte beiden die Hand. Nun, als ich vor ihnen stand, erkannte ich zumindest ihn. Ich hatte einmal für Tante Millie eine Besorgung erledigt, und er hatte mich bedient.

»Diese beiden netten Menschen hier sind Letizia und Martin Dippens.«

»Die Metzgerei.« Martin Dippens Stimme schallte durch den Raum, laut und kräftig. »Das war unsere. Nun haben mein ältester Sohn und seine Frau sie übernommen.« Himmel, der Mann war eine Naturgewalt. Ich konnte mir gut vorstellen, wie er ... Nein, lieber doch nicht. »Das beste Fleisch weit und breit. Alles hier aus der Gegend.«

»Angenehm.«

»Und zu guter Letzt Doreen Myers. Sie war unsere Lehrerin hier im Ort.«

Wir traten zu einer kräftig gebauten, alten Dame, die auf einen Rollator gestützt dastand. »Das ist lange her.«

»Schön, Sie kennenzulernen.« Ich lächelte höflich, obwohl mir der Kopf schwirrte. Diese ganzen Namen konnte ich mir unmöglich merken.

»Das wird schon. Ich bin bei dir.« Dave war ganz nah an meinem Ohr, und ich griff seine Hand und drückte sie kurz. Seine Fähigkeit, immer zu erahnen, was ich dachte, war seltsam und beruhigend zugleich.

16

Ich gebe gab zu, dass ich mit bestimmten Erwartungen zu diesem Essen gegangen war. Oder besser gesagt, ohne bestimmte Erwartungen. Ein Essen mit lauter alten Leuten, darunter ein Paar echter Adeliger; nun, ich hatte mich auf Langeweile, steife Tischgespräche und verstohlene Blicke auf die Uhr eingestellt. Als ich den mir zugewiesenen Platz neben Dave und Tante Mille einnahm, überlegte ich mir, wie lange ich jetzt hier sitzen würde, ein einzementiertes Lächeln im Gesicht. Obwohl, ich tat es ja aus einem guten Grund, und manchmal waren diese alten Geschichten, die bei solchen Anlässen immer und immer wieder herausgeholt wurden, ja ganz nett.

»Also, Millie, hast du dich jetzt genug bemitleidet? Sehen wir dich von nun an in diesem Rollstuhl Patrouille fahren in unseren Straßen?« Martin Dippens Stimme dröhnte, und er war der Einzige, der lachte. So sehr, dass sein Bauch wackelte.

»Das könnte dir so passen, was?« Meine Tante funkelte ihn an.

»Charlotte, Sie müssen ihr einen von diesen elektrischen Rollstühlen besorgen, dann kann sie alleine durch die Gegend sausen und wieder aufpassen, dass alles seinen geordneten Gang nimmt.« Er wollte gar nicht mehr aufhören zu lachen.

»Ja, und deinen nichtsnutzigen jüngsten Sohn dabei überraschen, wie er sich in die dunklen Ecken zurückzieht.« Zu meiner Überraschung war Tante Millie gar nicht böse auf ihn. Sie sah ihn herausfordernd an.

»George, ja, der genießt das Leben.«

Ich warf einen Blick zu Dave. »Ist das unser George …?« Dave nickte.

»Er ist langsam alt genug, um das Leben anzupacken. Und Irene zur Oma zu machen.« Tante Millie lief zur Höchstform auf.

»Nun, was das angeht, tut er wohl sein Bestes. Bin ehrlich gesagt froh, dass wir nicht schon einen ganzen Stall voller Enkel haben.« Martins gute Laune war nicht zu trüben, und er schüttete sich aus vor Lachen, als Tante Millie grimmig nickte.

»In der Tat. Kommt ganz nach seinem Vater, was? Nichts für ungut, Irene, aber dein Martin war ein ganz schöner Hallodri früher.«

»Ich weiß.« Ihr Gesicht bekam tatsächlich einen verträumten Ausdruck. »Das hat mir ja auch so gut an ihm gefallen. Das und sein Lachen. Ansonsten hätte mich auch kein Geld der Welt dazu gebracht, mein Leben hinter einer Fleischtheke zu verbringen. Dieses ganze Blut und immer kalte Finger. Aber Martin hat es wettgemacht, jeden Tag.« Sie sah zu ihrem Mann, der sie umstandslos an sich zog und küsste. Direkt hier am Tisch, vor allen Leuten.

»Und George wird irgendwann auch die Richtige treffen. Die, die ihn wegholt von den dunklen Ecken, wie mein Mädchen es mit mir gemacht hat.«

Mir wurde ganz warm ums Herz. Wie süß waren die denn? Der tanzende Bauch, die roten Wangen und die durchdringende Stimme waren eins, aber diese Liebe, die die beiden verband, war einfach und schön. Und sie schienen glücklich zu sein.

»Nun, Millie.« Mr Withmann, der Pfarrer, schaltete sich ein. »Wir vermissen Sie ebenfalls.«

»Mich oder meine Arbeit für die Kirche?«

»Nun, ich kann nicht leugnen, dass Sie uns in beiderlei Hinsicht fehlen. Der letzte Kirchenbasar war doch eher ein mäßiger Erfolg.«

»Ich bin alt genug, um mich zurückziehen zu dürfen, meinen Sie nicht?«

»Sie müssen ja auch nicht mehr selbst am Kuchenstand stehen. Was uns fehlt, ist Ihr Wissen. Ihr Talent, alles zu organisieren.«

»Herr Pfarrer.« Ich sah mit Verwunderung, wie meine Tante von Minute zu Minute aufblühte. »Es ist an der Zeit, der nächsten Generation die Verantwortung zu übertragen. Ich habe genug gearbeitet in meinem Leben. Ich bereite mich nun auf den nächsten Schritt vor, und das kann ich nicht, wenn ich Kuchenlisten schreibe und Helfer rekrutiere.«

»Nun, ich dachte da an den Vorsitz des Kirchenkomitees.« Eines musste man ihm lassen, er ließ sich nicht so schnell einschüchtern. »Sie sagen den anderen, was zu tun ist. Beraten sie.«

»Ich befehle, sie machen?«

Er nickte, wenn auch mit einem leicht unbehaglichen Ausdruck. Wahrscheinlich überlegte er einen Moment, was er den armen Frauen da antat, die »machen« mussten.

»Das könnte ich mir überlegen. Schließlich ist es doch recht langweilig, den ganzen Tag über den Tod nachzudenken. Zumal der irgendwo rumtrödelt.« Sie lachte. Ich hingegen war regelrecht erschrocken. Nicht wegen ihrer Worte, sondern weil ich sie in all der Zeit nie hatte lachen hören, wie mir auffiel. Es hörte sich auch nicht an, als ob sie das oft tat. Es war ein komisches Geräusch, scharrend und bellend zugleich. Es passte hervorragend zu ihr.

Der nächste Gang wurde aufgetragen, und mir wurde langsam klar, dass dieser Abend ein echter Wendepunkt werden könnte.

»Delegieren und befehlen.« Tante Millie lach-bellte immer noch. »Ja, das liegt mir, was Charlotte?« Sie sah mich an und zwinkerte.

Ich nickte und nahm einen Schluck Wein. »Sie übt jedenfalls kräftig.« Mein frecher Kommentar brachte sie dazu, noch mehr zu bellen, und mich, noch mehr zu trinken.

Die Stimmung wurde zusehends heiterer. Tante Millie schien nur zu bereit, es mit jedem aufzunehmen, und die Menschen hier am Tisch schienen genau das zu genießen.

»Millie, deine Kommentare haben mir gefehlt.« Martins Bauch war schon wieder am Wackeln. »Ohne dich macht es doch nur halb so viel Spaß. Beim letzten Charity-Dinner des Kirchenkomitees bin ich vor Langeweile fast umgekommen.«

»Du hattest Glück, dass das dein einziges Problem war. Wie ich hörte, haben sie Tess an den Herd gelassen. Ein Wunder, dass ihr das überlebt habt. Clodette!«

Alle wandten den Kopf. Clodette saß mir gegenüber, und ich musste blinzeln, als ich die Szene sah. Clodette saß da und leckte seelenruhig ihren Teller ab. Unsere Aufmerksamkeit war ihr überhaupt nicht peinlich. »Deine Soße ist die beste«, sagte sie nur und lächelte. Ich tauschte einen kleinen Blick mit Dave, der hilflos die Schultern zuckte, als wolle er sagen: »Tja, so sind wir nun mal.«

Ich fand diese Menschen so, wie sie nun mal waren, allesamt liebenswert und unterhaltsam. Ich hörte weiter zu, wie Tante Millicent das Dorfleben kommentierte, obwohl sie es gar nicht mehr hautnah miterlebte, und musste oft lachen wegen ihrer treffenden und witzigen Kommentare. Auch so eine Seite. Witzig war sie mir bisher noch nie erschienen. Nun aber, da ihre Bemerkungen nicht mehr mir galten, erkannte ich einen Humor darin, der zwar nicht immer politisch korrekt war, aber sehr unterhaltsam.

Inzwischen waren wir beim Dessert angekommen, einer Art Pudding mit Himbeersoße, die in einer silbernen Sauciere gereicht wurde. Ich nahm mir etwas und gab sie an Dave weiter, der sie wiederum an Clodette reichte. Sie griff danach, bekam sie aber nicht richtig zu fassen, und die Soße schwappte über und auf die weiße Tischdecke.

»Oh!« Einen Moment starrte Clodette darauf, dann beugte sie sich blitzschnell vor und leckte wie eine Katze die Soße von der Decke. Ich starrte sie an und bemühte mich, mein Lachen zu unterdrücken. Unter dem Tisch spürte ich, wie Daves Hand sich auf mein Bein legte und sanft drückte, was es noch schwieriger machte, nicht loszuprusten.

»Clodette! Wir sind nicht mehr im Krieg«, bellte meine Tante.

»Aber es ist doch zu schade darum.« Clodette war die ganze Sache überhaupt nicht peinlich. »Und die Tischdecke ist ja eigentlich sauber.« Sie sah auf den roten Flecken, der sich trotz ihrer Aktion gebildet hatte.

Ich griff rasch nach der Serviette und führte sie an den Mund. Das Lachen blubberte immer noch wie Kohlensäure in meiner Kehle. Himmel, und ich hatte gedacht, mit den Herrschaften würde es langweilig werden.

»Und, hast du Spaß?« Daves Augen blitzten. Er hatte es sich auf der Sitzbank unter dem breiten Fenster bequem gemacht. Ich nahm neben ihm Platz.

»Es ist großartig. Diese Leute ...« Ich ließ meinen Blick durch den Raum schweifen.

»Ja. Jeder ein Original, was? Vielleicht wird man so, wenn man ein ganzes Leben zusammen verbringt.«

Wir sahen einen Moment zum Kamin hinüber, wo sich die anderen zusammengefunden hatten. Sie saßen in den Sesseln und redeten lebhaft. Ab und zu flog ein Wortfetzen oder ein Lachen zu uns herüber. Clodette hatte sich umstandslos den Käseteller geholt und neben sich auf ein kleines Tischchen gestellt. Nun saß sie da, hörte den anderen zu und schob unablässig ein Stückchen nach dem anderen in sich hinein.

»Ich wüsste zu gerne, wie sie das macht. Wenn ich solche Mengen essen würde ...« Ich seufzte. »Seit ich hier bin, habe ich bestimmt drei Kilo zugelegt.«

»Ehrlich?« Dave sah mich aufmerksam an, und sofort zog ich aus alter Gewohnheit den Bauch ein. »Könnte ich jetzt nicht sagen. Und wenn, dann steht es dir außerordentlich gut.«

»Aber es macht die Suche nach dem perfekten roten Kleid nicht leichter. Wenn ich nicht aufpasse, werde ich mich in der Abteilung für Schwangere umsehen müssen.«

Dave stimmte nicht in mein Lachen ein. »Wieso machst du dich selbst immer schlechter, als du bist? Du bist nicht dick, nicht mal ansatzweise. Du siehst großartig aus, Charlotte, immer.«

Mit Komplimenten konnte ich nicht so gut umgehen, und natürlich wurde ich rot. »Du bist sehr nett, Dave.«

»Komm schon. Eine Frau wie du braucht doch keinen Mann wie mich, um Komplimente zu bekommen. Oder weiß der fabelhafte Josh nicht, wie das geht?«

»Doch. Klar.« Josh war sogar hervorragend darin, Komplimente zu machen. Allerdings nur, wenn er Lust dazu hatte. Aber genauso gut war er auch darin, mir zu sagen, was ihm nicht gefiel. Was ich gut fand, denn wenn man sich liebt, sollte man sich doch alles sagen können, oder?

»Vermisst du ihn?«

»Natürlich.« Ich sah aus dem Fenster in den dunklen Garten. Wieso hatte ich das Gefühl, plötzlich unsicheren Boden zu betreten. Ich vermisste Josh. Ich hatte erst vorher an ihn gedacht. Ich hatte mir vorgestellt, wie sehr er es genießen würde, hier zu sein. Plötzlich vermisste ich ihn wirklich. Er war schon so lange ein passiver Teil meines Lebens, dass ich einen Moment Mühe hatte, mir den Klang seiner Stimme in Erinnerung zu rufen.

»Er wird kommen.« Dave beugte sich vor und nahm meine Hand. Wieso konnte er wie kein zweiter spüren, was gerade in mir vorging?

»Ja, das wird er. Und bis dahin sollten wir das Kleid gefunden haben. Oder bist du raus aus der Nummer?«

»Wo denkst du hin?« Er ging auf meinen Tonfall ein, und ich war dankbar dafür. »Ich werde dich ritterlich durch alle Geschäfte begleiten, bis wir es gefunden haben. Das wird meine persönliche Quest: das perfekte Kleid für Charlotte.«

17

»Und, wie sieht es aus? Wollen wir gleich morgen los?«

Dave hatte sich selbst noch zu einem kleinen Absacker eingeladen, nachdem der Abend viel zu früh zu Ende gegangen war.

Ich hatte es mir mit ihm auf der breiten Fensterbank in Crown Cottage gerade so richtig gemütlich gemacht, als mein Blick auf Tante Millicent fiel, die ihren Rollstuhl mit einem Sessel getauscht hatte und sich am beeindruckenden Kamin mit Phyllis unterhielt. Ihr Gesicht war bleich gewesen, und ich hatte beobachtet, wie es um ihren Mund leicht zuckte. Ich kannte diesen Ausdruck bei ihr, es war ein sicheres Zeichen, dass sie Schmerzen hatte. Also hatten wir die Gesellschaft verlassen, viel zu früh für meinen Geschmack, und mit dem festen Versprechen, einen solchen Abend bald zu wiederholen.

»Es ist Tradition hier in Crown Cottage, am Boxing Day ein Abendessen für alle Freunde zu geben. Sie sind ganz herzlich eingeladen, mit Ihrer Tante zu kommen, Charlotte«, hatte Phyllis zum Abschied gesagt. »Dave kommt natürlich auch.«

Ich hatte mich bedankt und ihre Wange geküsst. Am Boxing Day würde ich nicht mehr hier sein, aber das sagte ich nicht. Ich würde stattdessen den zweiten Weihnachtstag mit Josh bei seinen Eltern verbringen.

Tante Millie hatte sich zurückgezogen, kaum dass wir zu Hause waren, und so saßen Dave und ich nun alleine im Tante Millies Wohnzimmer.

»Ich werde am Wochenende nicht da sein.« Dave starrte in den Kamin. »Eve hat Geburtstag. Ich fahre nach Edinburgh.«

»Das ist ja großartig.« Interessiert versuchte ich, in seiner Miene zu lesen. Er sprach nie von ihr, und ich hatte noch keinen rechten Weg gefunden, ihn auf seine Beziehung zu ihr anzusprechen. Nun, ich hätte es irgendwie hingekriegt, allerdings hatte ich Angst, dass er dann Gegenfragen stellen würde. Nun jedoch hatte er das Thema aufgebracht, und ich musste nur zugreifen.

»Ich wusste nicht, dass ihr noch Kontakt habt.«

»Natürlich haben wir Kontakt. Aber Eve ist immerzu beschäftigt. Sie übernimmt ständig die Wochenend-Dienste. Sie sagt, das wäre förderlich für die Karriere, und da sie keine Familie hat, die auf sie wartet, macht es ihr nicht so viel aus.«

»Macht es dir was aus?«

»Nicht mehr. Früher schon. Eve will gar keine Familie, die auf sie wartet. Das war ein Problem.«

»Das heißt?«

»Das heißt, dass Eve und ich letztlich doch nicht zusammengepasst haben. Aber wir mögen uns, das wird sich nie ändern.«

Ich versuchte, in seinem Gesicht zu lesen. Er schien nicht besonders traurig zu sein. Aber auch nicht froh. Er sagte es einfach, wie man von einem langweiligen Wochenende erzählte.

»Vermisst du sie?« Ich wiederholte die Frage, die er mir ein paar Stunden zuvor gestellt hatte.

»Eve? Manchmal. Es gab eine Zeit, da dachte ich, es wäre für immer. Dann kam eine Zeit, als ich ernsthaft darüber nachdachte, mit ihr zu gehen, weg von hier. Und dann erkannte ich, dass es falsch wäre. Keiner von uns wäre glücklich geworden, wenn einer von uns ständig zurücksteckt.«

»Aber wenn sie deine große Liebe war? Vielleicht hätte es dir dort gefallen?«

Dave schüttelte den Kopf. »Vielleicht hätte ich es eine Weile ausgehalten. Aber ich kann nicht aus meiner Haut. Hier will ich sein und hier fühle ich mich ganz. Die Studienzeit war toll, und trotzdem hatte ich damals schon immer das Gefühl, am falschen Ort zu sein. Und ich will eine Familie, irgendwann. Ich hätte zu viel aufgegeben.«

In dieser Nacht träumte ich von Josh. Ich trug wieder das rote Kleid, und Josh kniete sich mit einer

Schachtel in der Hand vor mich hin. Er öffnete den Deckel, und der Lichtschein des Kaminfeuers brach sich in dem Stein und ließ ihn auflodern. Er sah zu mir auf, und ich konnte nur nicken. Vor Glück brachte ich kein Wort heraus.

Ich zog alleine los, um einzukaufen, aber irgendwie kam ich nicht in die rechte Stimmung. Deshalb brach ich die Suche relativ bald ab und beschloss, noch schnell irgendwo einen Tee zu trinken und dann zurückzufahren. Tante Millie hatte mir heute gar nicht gefallen. Sie war blass und wortkarg gewesen. Auf eine andere Art wortkarg als sonst. Ich fürchtete, dass der gestrige Abend zu viel gewesen war, und wollte heim und nach ihr sehen. Ich wusste, dass Phyllis die Gelegenheit genutzt und sich direkt für heute Mittag angekündigt hatte, aber dennoch ...

Dann jedoch sah ich einen Laden, der mich magisch anzog. Ein Antiquariat, ein kleiner, vollgestopfter Laden mit schummriger Beleuchtung und jeder Menge schöner Dinge. Und einem ganzen Nebenzimmer voller Bücher.

Ich wanderte eine Weile die Regalreihen ab, da sah ich es. Eine wunderschöne Ausgabe von Jane Austens »Emma«. Ich nahm sie vorsichtig heraus und betrachtete sie. Der Ledereinband war nur ganz wenig abgegriffen, die Seiten in gutem Zustand. Ich kannte Tante Millies Vorliebe, und ich kannte ihren Bücherbestand. Dieses Buch hatte sie nicht. Das würde mein erstes Weihnachtsgeschenk sein.

Plötzlich hatte ich es doch nicht mehr so eilig, zurück nach Primrose Cottage zu kommen. Ich zog weiter und kaufte in einem Haushaltswarengeschäft eine hübsche, mit Rüschen und Binsen aufwendig gearbeitete Schürze für Grace. Dann fand ich eine wunderschöne Vase, die meine Mutter in Entzücken versetzen würde, und eine Krawattennadel, die wie für Edward gemacht war. Ich war glücklich und freute mich über jedes einzelne Teil. Wie lange schon hatte ich nicht mehr Geschenke eingekauft. In den letzten Jahren hatten wir immer Event-Gutscheine verschenkt: ein sinnliches »Dinner in the Dark« für meine Mutter und Edward, Spa-Besuche für seine Eltern, lauter solche Sachen. Nun durch die Läden zu schlendern und echte Geschenke zu suchen, war eine wunderbare Sache.

Vor einer Auslage mit edlen Armbanduhren blieb ich eine Weile stehen. Diese eine, ganz hinten, würde perfekt zu Josh passen. Sie war zwar ziemlich teuer, aber er würde es zu schätzen wissen. Und wenn er mir den einen Ring schenkte, der für immer den Wendepunkt in unserer Beziehung markieren würde, dann war diese Uhr für ihn eine ebenso bleibende Erinnerung an diesen Tag und unsere Liebe. Kurz entschlossen zückte ich meine Kreditkarte.

Mit meinen Taschen bepackt machte ich mich auf zum Parkplatz, wo Tante Millies alter Lexus auf mich wartete. Aber dann hielt ich noch einmal an. Ich hatte heute mal eben fast alle Geschenke besorgt – bis auf Daves. Allerdings hatte ich auch überhaupt keine Ahnung, was ich ihm schenken könnte.

In Primrose Cottage fand ich Tante Millie und Phyllis friedlich im Wohnzimmer vor. Das Feuer brannte, und es war heimelig und wohltuend, den sanft beleuchteten Raum zu betreten. Das Novemberwetter machte seinem Namen wirklich alle Ehre. Es war neblig und feucht, und ich war heute wieder einmal dankbar gewesen für die alte Wachsjacke, die der Witterung trotzte und mich schön warm und trocken hielt.

Auf dem Kaminsims brannten dicke weiße Kerzen, und während ich schweigend meinen Tee genoss, lauschte ich dem Gespräch der beiden.

»Phyllis, du willst mir doch nicht weismachen, dass der Ausschuss es nicht schafft, genügend kostenlose Tannenzweige zu besorgen, um die Kirche damit zu schmücken?«

»Nun, Tess behauptet, es gäbe da ein Problem mit

Chester.«

»Mit Chester gibt es immer ein Problem. Aber wenn man dann mal mit ihm gesprochen hat, läuft es.« Sie seufzte. »Ich werde da am Montag selbst anrufen und die Sache klären. Schließlich ist es nur noch eine Woche bis zum ersten Advent. Und dann werde ich auch gleich die Weihnachtsbäume bestellen. Sonst muss ich in zwei Wochen doch wieder anrufen.«

18

Ob es an Grace lag, die summend durch das Haus ging, an den Chorproben und den dort so leidenschaftlich geübten Weihnachtsliedern oder an der Stimmung im Dorf wusste ich nicht genau. Auf alle Fälle überfiel mich in den kommenden Tagen das Weihnachtsfieber mit nie da gewesener Intensität.

»Ein Mistelzweig? Und wer soll wen darunter küssen?« Tante Millie klang fast, als kicherte sie.

»Keiner. Aber es gehört nun mal dazu.« Zufrieden trat ich einen Schritt zurück. »Sieht doch toll aus.«

»Ja, großartig. Genauso wie der Türkranz und die Girlanden am Kamin und die im Treppenhaus und ...«

»Tante Millie. Das ist doch die schönste Zeit des Jahres.« Ich würde mir nicht die Vorfreude schmälern lassen. »Und das Haus sieht wunderschön aus.«

»Du hast gute Arbeit geleistet.« Sie nickte mir knapp zu, und ich freute mich mehr als über das überschwängliche Lob von Grace. Für ihre Verhältnisse hatte meine Tante mir gerade einen Ritterschlag verpasst.

Die Adventszeit war tatsächlich immer eine besondere Zeit. In den letzten Jahren allerdings auch eine besonders stressige. Es gab noch mehr Geschäftsessen als sonst, Treffen mit Firmenbossen oder Stammkunden. Josh war der Meinung, nicht nur wir, sondern alle sollten den Vorteil eines Event-Gutscheines zu Weihnachten erkennen, und er wurde es nicht müde, dafür zu werben. Wir hatten zudem mehr und mehr Kunden, die statt einer traditionellen Weihnachtsfeier ein spezielles Dinner buchten, mit Theatereinlagen, mit Motto, mit was auch immer. Und da wir kein anonymes Internetunternehmen führten, sondern viele Kunden direkt vor Ort hatten, war Josh die persönliche Betreuung äußerst wichtig. Wir waren also sehr beschäftigt in der Vorweihnachtszeit, und ich hatte kaum Zeit, in einem Blumenladen vorbeizugehen und einen Adventskranz zu besorgen, geschweige denn für gemütliche Stunden am Kamin mit Kerzenlicht. Deshalb genoss ich die ruhigen Tage hier umso mehr.

Unter der fachkundigen Anleitung von Grace hatte ich zum ersten Mal in meinem Leben selbst einen Kranz gebunden, der nun üppig verziert an der Haustür prangte. Ein zweiter Kranz stand auf dem großen Holztisch im Esszimmer und war mit vier dicken cremefarbenen Kerzen geschmückt. Ich hatte auf meinen Spaziergängen mit Butler angefangen, Sachen zu sammeln, die ich verwendet hatte, Zapfen, Moos, rote Beeren. Die Natur hier bot so vieles an, wenn man sich nur die Zeit nahm und richtig hinsah.

Grace hatte mir gezeigt, wie man daraus einen Kranz band, und nun blickte ich voller Stolz auf mein Werk. Das war doch was ganz anderes als diese modernen Gestecke, die wir in den letzten Jahren immer gehabt hatten. In unsere Wohnung hätte er wohl nicht gepasst, aber hier, in Primrose Cottage, sah er wunderschön aus. Er passte zu dem ländlichen Charme des Hauses, und er passte zu Tante Millicent.

»Wir sind heute Abend bei Lucy und Sean eingeladen, du denkst hoffentlich daran?« Dave war kurz vorbeigekommen, um nach Tante Millie zu sehen, wie er sagte.

»Natürlich.« So viel war hier ja schließlich nicht los, dass ich eine Einladung vergessen würde. Obwohl, in letzter Zeit war ich deutlich mehr unterwegs als früher.

»Pass bloß auf, dass du dich nicht zu sehr eingewöhnst«, hatte Tante Millicent meine Pläne kommentiert.

»Keine Sorge. Und wer sagt denn, dass ich nie mehr wiederkomme? So weit ist Bristol nun auch nicht. Wir könnten doch ab und zu am Wochenende zu Besuch kommen.« Während ich noch sprach, wusste ich, dass es wohl bei dem frommen Wunsch bleiben würde. Unsere Wochenenden waren auf Wochen hinaus ausgebucht. Nun, ich würde einfach rechtzeitig ein paar für Tante Millie blocken.

»Wir werden sehen.« Sie drehte sich um und ging langsam zu ihrem Lieblingssessel am Feuer. Ich sah ihr hinterher; seit ich hier war, wurden ihre Bewegungen beständig mühsamer. Ich musste dringend mit Edward reden. Wenn ich Primrose Cottage verließ, sollten wir eine andere Lösung gefunden haben. Zwar schlief meine Tante in letzter Zeit wohl besser, zumindest weckte sie mich nicht mehr, aber der Gedanke, dass sie ganz alleine war, behagte mir gar nicht.

Sean hatte uns eine grandiose Party versprochen. »Hey, ich werde dreißig, und in ein paar Wochen bin ich ein Dad. Wenn das kein Grund zum Feiern ist.«

Als wir auf der Farm eintrafen, war schon jede Menge los. Der ganze Chor war da, viele, die ich nur vom Sehen kannte, und auch einige ganz neue Gesichter. Lucy strahlte und war wunderschön mit ihrer Babykugel, die beständig wuchs. Und alle waren in bester Stimmung.

Ich merkte schnell, dass es hier einfacher war, eine gigantische Party zu feiern als bei uns. Unmengen Bier, einfaches, deftiges Essen und laute Musik. Den Rest besorgten die Gäste. Niemand schien darauf zu warten, ein »Event« präsentiert zu bekommen, oder eine aufstrebende Band, die einen Überraschungsauftritt hatte. Niemand rümpfte die Nase, weil man kein sorgsam drapiertes Fingerfood-Büfett hatte. Nun gut, Fingerfood war es hier ebenfalls, aber nur, weil die meisten einfach auf das Besteck verzichteten.

Es war auch deutlich einfacher, mit den anderen ins Gespräch zu kommen. Für die Mitglieder des Chores war ich schon eine von ihnen. Viele, die hier im Dorf lebten, nutzten die Chance ganz ungeniert, mich endlich mal zu fragen, wie es mir hier denn gefiele. Dann kam wieder jemand Neues dazu, und ohne es zu merken, fand ich mich irgendwann am anderen Ende des Raumes wieder, umgeben von lauter fröhlichen Menschen, die ich kaum kannte. Ich sah mich um und erblickte Dave drüben bei der Tür. Er war in ein Gespräch mit Liz vertieft. Nun streifte er sich die Haare aus dem Gesicht und lachte. Liz bekam einen verzückten Gesichtsausdruck und begann ebenfalls, mit ihrem Haar zu spielen. Dave ließ sich an die Wand sinken und stützte lässig ein Bein ab, was Liz veranlasste, sich etwas näher zu ihm vorzubeugen. Sie boten ein schönes Bild, dachte ich, richtig harmonisch.

Ich hatte meinen Plan, Dave zu verkuppeln, nicht aufgegeben. Das konnte doch nicht so schwierig sein, schließlich war er durchaus eine gute Partie. Er sah gut aus, wenn man auf diesen ländlichen Typ in Flanell stand, und er wusste durchaus, was man sagen und tun musste, um bei einer Frau Punkte zu sammeln.

Sein Wochenende mit Eve war nett gewesen, hatte er mir erzählt. Nett war jetzt nicht das, was ich hören wollte, aber ich fragte dennoch nach. Sie hätten eine gute Zeit gehabt, viel geredet, sich gegenseitig auf den neusten Stand gebracht. Der neuste Stand bei Eve war, dass sie nun auch Edinburgh den Rücken kehren würde und nach Barcelona ging. Damit war sie endgültig raus, das wusste ich sofort. Aber Dave schien nicht allzu bekümmert. Anscheinend hatte Lucy sich getäuscht, dass die beiden wieder zusammenkommen würden. Also musste nun eine andere Frau her.

Liz hatte auf alle Fälle Ambitionen, diesen Part zu übernehmen, dachte ich, während ich die beiden musterte. Ihre Körpersprache war recht eindeutig. Ich hatte sie in letzter Zeit etwas besser kennengelernt, weil hier jede Chorprobe in der »Betrunkenen Ente« endete. Sie schien nett zu sein, wenn auch nicht gerade der hellste Stern am Intelligenzhimmel. Leider. Nun, immerhin mochte sie Hunde.

Dave sah zu mir rüber und hob fragend eine Augenbraue. Ich winkte lässig. »Bleib, wo du bist«, murmelte ich.

»Wer soll bleiben, wo er ist?« Lucy hatte sich unbemerkt zu mir durchgekämpft. Sie folgte meinem Blick und lachte. »Dave und Liz? Never.«

»Wieso. Sie ist doch nett.«

»Ja. Aber die beiden ... das ginge nie gut.«

Ich war anderer Meinung, weil ich anderer Meinung sein wollte. Das behielt ich aber für mich.

»Weißt du, ich denke, Dave ist alleine in der Lage, eine Frau zu finden.« Lucy sah mich aufmerksam an.

»Klar. Geht mich ja auch nichts an.« Ich hatte ihr nichts erzählt, und ich würde es auch nun nicht tun.

Sie sah mich noch immer an und nickte langsam. Ich war dankbar, dass George und Harry zu uns stießen und das Gespräch beendeten.

Ich konnte mir sehr gut vorstellen, dass diese beiden früher Tante Millie in ziemliche Aufruhr versetzt hatten. Und dass die Mädels reihenweise das Risiko auf sich genommen hatten, im Gebüsch erwischt zu werden. Ich hatte eine Menge Spaß, und als sich eine Weile später Dave und Liz zu uns gesellten, wurde es noch besser. Wann hatte ich zum letzten Mal so viel gelacht? Wann hatte ich zum letzten Mal das Gefühl gehabt, eine so tolle Frau zu sein? Ich genoss es, hofiert zu werden, auch oder gerade, weil ich keinem von ihnen besondere Gefühle entgegenbrachte. Es war sicher. Wenn sie sich umdrehen und weggehen würden, würde mich das nicht verletzen. Ich musste nicht darauf achten, nichts Falsches zu sagen, weil es egal gewesen wäre. Ich konnte sein, wie ich war, ohne nachzudenken, ob ich damit die Vorstellung, die mein Gegenüber von mir hatte, zerstörte oder nicht. Und dieser Gedanke war unvorstellbar befreiend.

»Komm schon, Charlotte, gib dir einen Ruck. Schieße deinen Großstadttypen ab und bleibe hier bei uns.« Harrys Augen funkelten. »Wir werden dafür sorgen, dass du es nicht bereust, was, George? Und ich denke, Dave hätte auch nichts dagegen.«

»Sicher nicht. Aber Charlotte, vermutlich. Und er ganz bestimmt. Ihr glaubt doch nicht, dass irgendjemand so eine Frau einfach gehen lässt?«

Alle drei nickten, und ich drückte Dave einen Kuss auf die Wange. Oh ja, er hatte es definitiv drauf, das zu sagen, was eine Frau hören wollte.

»Darf ich dich was fragen?«

»Klar.«

Wir waren auf dem Heimweg. Zu Fuß. Unvorstellbar in Bristol, aber hier erschien es mir gar nicht so dumm. Wir hätten beide nicht mehr fahren können, und es war ein schöner Abschluss, gemeinsam über die gefrorenen Wege zu gehen und den Abend noch einmal Revue passieren zu lassen.

»Also, Charlotte. Wieso ist er nicht schon längst hier und hat dich wieder geholt? Oder dich zumindest mal besucht? Bristol ist doch nun wirklich nicht so weit weg.«

»Er hat viel zu tun.« Ich rückte ein wenig von ihm ab.

»Komm schon. Wenn meine Freundin so lange weg wäre, dann hätte ich Zeit.«

»Ach ja? Wie oft warst du in Edinburgh?«

»Wir hatten uns getrennt.« Seine Stimme klang nachdenklich. »Das ist es also, oder?«

»Nein.« Ich blieb stehen und atmete tief durch. »Nun ja.« Meine Feierlaune war auf einmal wie weggeblasen.

»Wenn du nicht darüber reden willst, ist das völlig in Ordnung. Aber manchmal hilft es.«

Ich wollte nicht darüber reden. Ich wollte nicht einmal daran denken. Ich ging weiter, schneller als zuvor. Dave hielt mühelos Schritt.

»Wir haben nicht wirklich Schluss gemacht. Ich meine, vielleicht hat er es fälschlicherweise so verstanden.«

»Wie kann man so etwas nicht richtig verstehen?«

»Ich habe was gesagt, was Dummes. ›Wenn das so ist, dann sollte ich vielleicht gehen‹, so was in der Art.« Ich sprach leise, denn es war ja auch zu doof.

»Und das hat er zum Anlass genommen, dich ...«

»Nein! Er braucht jetzt einfach etwas Zeit, um alles zu überdenken.« Ich erhöhte die Schrittfrequenz noch einmal deutlich.

»Charlotte. So etwas ist doch kein Grund ...«

»Doch. Er hatte es ja nur gut gemeint, und ich habe völlig überreagiert. Natürlich hat ihn das verletzt.«

»Natürlich.« Daves Stimme konnte so unendlich wohltuend sein wie ein sanftes Streicheln der Haut.

»Ich werde mich entschuldigen, und ich werde in Zukunft aufpassen, dass ich nicht mehr so beleidigt reagiere. Und dann wird wieder alles wie früher, du wirst sehen.«

»Das wird es wohl.« Seine Stimme war nachdenklich, und ich hatte nur noch einen Gedanken: schnell nach Hause. Warum hatte ich plötzlich Angst davor, was er noch sagen würde? Dave war klug und warmherzig und nett, und dennoch spürte ich, dass ihm jetzt etwas auf der Zunge lag, das ich nicht hören wollte.

19

Sagte nicht jede Frau im Verlauf eines Streites irgendwann einmal: »Wenn das so ist, dann kann ich ja gehen«? Und seufzte dann nicht jeder Mann und antwortete: »Jetzt komm schon. Das ist doch Quatsch«? Nun, wahrscheinlich. Nur Josh leider nicht. Er hatte gesagt: »Nun, vielleicht solltest du das wirklich tun.«

Das war natürlich nicht das gewesen, was ich gewollt hatte. Aber er hatte sich umgedreht und war aus dem Wohnzimmer gegangen, und ich stand da, und plötzlich war die Welt ohne Farbe. Ich wäre zu gerne hinter ihm hergelaufen, aber dazu war ich zu sauer. »Bitte«, hatte ich gedacht. »Bitte, dann gehe ich. Du wirst schon sehen, was du ohne mich hast.« Ich war mir sicher gewesen, dass er spätestens am nächsten Morgen vor der Wohnung meiner Mutter stehen würde. Ich wusste, dass sie und Edward nicht da waren, aber ich hatte einen Schlüssel und die Wohnung ein komfortables Gästezimmer.

Den ganzen Sonntag hatte ich gewartet, aber nichts passierte. Dann, am Abend, hörte ich den Fahrstuhl und sprang auf. Endlich. Der Mistkerl hätte sich aber auch etwas beeilen können.

Leider standen in der Tür meine Mutter und ihr Mann, und es gab keine tränenreiche Versöhnung, sondern ein tränenreiches Update meines Lebens. Mutter und Edward hatten sich angesehen, und eine Stunde später war klar, dass ich zu Tante Millicent verfrachtet werden würde. Jetzt, da ich darüber nachdachte, fiel mir auf, dass keiner der beiden gesagt hatte, dass das alles schon wieder werden würde. Sie hatten es einfach nur eilig gehabt, mich aus der Stadt zu bekommen.

Die beiden waren in unsere Wohnung gefahren und hatten meine Sachen geholt. Ich hatte noch mehr geheult, als ich die Taschen und Koffer sah. Josh hatten sie nicht angetroffen, wie sie sagten.

»Zum Glück«, brummelte Edward. »Dem hätte ich was erzählt.«

Ich hatte nur den Kopf geschüttelt. Jetzt, ohne diesen fremden Zorn, der mich gestern aus heiterem Himmel überfallen hatte, sah ich es plötzlich. Es war meine Schuld gewesen. Ich hätte es besser wissen müssen. Josh war nicht wie andere Männer. Ihn konnte man nicht mit albernen Drohungen einschüchtern. Josh war viel zu geradlinig, um auf solche Spielchen einzugehen. Das hatte ich nun davon, zu denken, ich könne ihn erpressen.

Das Gespräch mit Dave war schuld, dass mir das alles jetzt durch den Kopf ging. Aber meine Zuversicht, die ich bisher gehütet hatte wie einen Schatz, war plötzlich dahin. Zum ersten Mal fürchtete ich wirklich, ihn für immer verloren zu haben. Was, wenn er mir nicht verzieh? Ich zog mein Handy und schrieb eine Nachricht an Laureen. Zeit, mich wieder in Erinnerung zu bringen.

»Hey, alles klar hier. Viel Arbeit, kennst du ja. Ansonsten alles beim Alten. Liebe Grüße«. Ich starrte auf die Antwort, die meine Freundin mir geschickt hatte. Ich hatte ganz unverbindlich und, wie ich hoffte, lässig gefragt, wie es denn in Bristol so liefe. Und das war die Antwort. Was sollte ich denn bitte schön damit anfangen? Ich meine, Laureen musste doch klar sein, dass die Frage in Wirklichkeit hieß: »Wie geht es Josh? Vermisst er mich? Kommt er mich endlich holen?« Alles, beim Alten. Hieß das, dass er immer noch sauer war?

»Du siehst müde aus.«

Dieses Kompliment konnte ich zurückgeben. Unter Tante Millicents Augen lagen dunkle Schatten.

»Ich gehe gleich mit Butler raus und lasse mir den Wind um die Ohren blasen, dann wird es schon.«

Sie nickte und widmete sich wieder ihrem Toast. Ich sah zu, wie sie ihn hin- und herschob, und überlegte nicht zum ersten Mal, wie es ihr wohl wirklich ging. Und was aus ihr werden würde, wenn ich weg war. Denn egal, was passieren würde, ob Josh kam oder nicht, ich konnte nicht dauerhaft hier herumsitzen. Ich musste irgendwann in das echte Leben zurück.

Ich hatte mich noch nicht allzu weit vom Dorf entfernt, als ich Dave nach mir rufen hörte. »Charlotte, warte.«

Ich blieb stehen, bis er aufgeholt hatte.

»Alles klar?«

Ich nickte. Unser Gespräch gestern hatte ich ziemlich abrupt beendet, und ich war mir nicht sicher, ob er es weiterführen wollte. Ich jedenfalls nicht. Aber Dave ging nur neben mir her und streichelte ab und zu den Hund, der wie immer übermütig um ihn herumsprang. Butler hatte eine Schwäche für ihn.

»Bist du sauer auf mich?«

»Nein, Dave. Wieso auch?«

»Genau. Wieso auch.« Er hob einen Stock auf und warf ihn. Der Hund jagte davon.

»Darf ich dir einen Rat geben?«

»Wenn es sein muss.« Ich lachte, um den Worten ein wenig die Spitze zu nehmen.

»Sei einfach du selbst.«

Ich drehte mich zu ihm um. »Das bin ich.«

Er zögerte. »Nun, du legst großen Wert darauf, dass dich alle mögen.«

»Na und? Das tut doch jeder.«

»Schon. Aber nicht um jeden Preis.«

»Was soll das heißen?« Ich beschleunigte schon wieder meine Schritte.

»Du passt dich jedem an, oder? Du trinkst Bier, weil es dir hingestellt wird, anstatt zu sagen, dass du es nicht magst. Du lässt dich von deiner Tante herumkommandieren. Du nimmst für alles die Schuld auf dich, anstatt zu sehen, dass es der andere ist, der einen Fehler gemacht hat.«

Ich rannte jetzt fast. Diese Sachen wollte ich nicht hören, und er hatte kein Recht, sie zu sagen. Wie konnte er nur? Er war der beste Freund, den ich je gehabt hatte, und nun war er drauf und dran, das zu zerstören.

Ich war so sehr in Aufruhr, dass ich nichts mehr wahrnahm. Dann spürte ich eine Hand auf meinem Arm, und Dave stoppte mich abrupt. Er hielt mich fest, und einen Moment war ich drauf und dran, ihm eine Ohrfeige zu verpassen, nur um weiterlaufen zu können. Dann merkte ich, wie mein Körper nachgab, die Spannung verlor. Er spürte es ebenfalls, denn er zog mich an sich.

»Wovor fliehst du immerzu? Vor mir? Oder vor den Antworten, die du nicht geben willst?«

Sein Geruch stieg mir in die Nase, wie damals am Guy-Fawkes-Tag. Und plötzlich wollte ich gar nicht mehr weglaufen. »Was, wenn er nicht kommt?«

»Er wird kommen.«

Ich konnte seinen Atem spüren, ganz dicht an meinem Ohr. »Er wird. Er wäre total bescheuert, wenn er es nicht täte.«

Ich klammerte mich an seine Worte wie ein Kind. »Würdest du kommen, wenn du er wärst? Ich meine, würdest du deiner Freundin verzeihen und sie zurückholen?«

»Ich würde kommen.«

Sein Atem war jetzt noch stärker zu spüren, und dann seine Lippen, die sanft meine Wange streiften. Ich drehte den Kopf, ganz langsam, Zentimeter für Zentimeter. Und schließlich traf sein Mund den meinen, und ich schloss die Augen. Sein Kuss war so sanft, so zart und tröstlich. Es lag keine Leidenschaft darin, kein wildes Verlangen. Seine Lippen waren nicht hart und fordernd, und seine Zunge blieb, wo sie war. Und obwohl ich mich nach einem anderen Mann verzehrte, kam es mir richtig vor, wohltuend, und ich spürte, wie mein Herz leichter wurde.

Butler unterbrach uns jäh, als er Dave von hinten

ansprang. Es gab einen Ruck, und wir schwankten. Aber wie stets hielt Dave mich fest, sodass ich nicht stürzte. Allerdings löste er sich in dem Moment von mir, in dem ich wieder sicher stand.

»Du dummer Hund, du hättest uns beinahe umgeworfen.« Er beugte sich nach unten und kraulte den Kopf des Tieres. Verlegen wandte ich mich um und ging ein paar Schritte weiter. Es war natürlich gar nichts dabei gewesen, aber dennoch spürte ich jetzt eine gewisse Unruhe. Josh wäre sicher nicht begeistert, wenn er das erfahren würde. Ich meine, es war harmlos, und ich hatte keinen Moment den Gedanken gehabt, das Ganze zu intensivieren oder so, aber trotzdem.

Als Dave zu mir aufschloss, versuchte ich krampfhaft, locker zu wirken. Ich widmete mich Butler mehr als sonst, nur um beschäftigt zu sein, und Dave sah mir schweigend dabei zu.

»Charlotte, das gerade eben ...«

»Kein Problem, Dave. Weißt du, das war die schönste Art, getröstet zu werden, die ich mir vorstellen kann. Ich meine, nicht von jedem, natürlich. Aber von dir. Du bist der beste Freund, den man sich wünschen kann.«

Nicken. »Ja. Gut.« Er holte tief Luft. »Lass uns umkehren. Es sieht nach Regen aus.«

20

Tante Millicent war in ihrem Sessel eingeschlafen, als ich nach Hause kam. Im Schlaf sah ihr Gesicht viel weicher aus. Ich setzte mich in den zweiten Sessel und griff nach dem Buch, das immer auf dem kleinen Beistelltisch lag. In letzter Zeit hatten wir weniger gelesen, was schade war, denn endlich einmal hatten wir eine Lektüre, die ich mochte. Ich schlug das Buch auf und las ein paar Sätze.

»Bin ich jetzt auch noch taub?«

Ich zuckte zusammen, als sie so unvermittelt losbellte. »Ich dachte, du schläfst. Ich wollte dich nicht wecken.«

»Ich schlafe kaum noch. Also, wenn du ein paar Minuten für mich erübrigen kannst, dann würde ich mich freuen.«

Ich würde mich freuen, wenn sie nur einmal die kleinen Spitzen bleiben ließe. Doch ich nickte nur und begann, laut zu lesen.

Den ganzen Tag war Tante Millie gereizt und bissig. Ich verschluckte mich fast an den Erwiderungen, die mir manchmal in den Sinn schossen. Aber weshalb sollte ich darauf eingehen? Ich hatte gelernt, dass es nichts brachte. Und wenn es zu schlimm wurde, dachte ich an Dave. An seine Art zu trösten. Und dann augenblicklich an Josh.

»Ich weiß nicht, was alle an diesem Mr Darcy so toll finden. Er ist unfreundlich und launisch.«

Hört, hört, dachte ich. Der Wolf nennt den Fuchs ein Raubtier.

»Das nächste Buch suche ich wieder aus.«

Ich nickte. »Gerne. Ich muss los, wir haben heute früher Probe. Clodette hat noch etwas vor, deshalb hat sie uns nachmittags einbestellt.«

Mir machte das nichts aus, aber die meisten hatten gemurrt deswegen. Wahrscheinlich, weil sie nicht direkt in die »Ente« gehen konnten, wenn wir schon um fünf Uhr wieder Schluss machen würden.

Die Proben waren zu einem Highlight in meinem Leben geworden. Ich fühlte mich als Teil des Ganzen, und ich hatte so viel Spaß am Singen. Auch heute war ich bestens gelaunt, als Clodette den Taktstock einpackte.

»Gut gemacht, alle zusammen. Dieses Jahr werden wir einen ganz besonders tollen Auftritt hinlegen.«

Sie eilte davon, und alle standen noch etwas unschlüssig herum. Schließlich meinte George, dass es Unglück bringe, Traditionen zu brechen, und wir trotz der frühen Stunde hinüber in die »Betrunkene

Ente« gehen sollten. Ich schüttelte bedauernd den Kopf.

»Ich sollte heimgehen. Meine Tante wartete sicher mit dem Essen.«

»Komm schon, ein Glas! So früh isst niemand.«

Aus einem Glas wurden schnell drei, und schließlich war es bereits dunkel, als wir aufbrachen. Ich hatte mir heute zum ersten Mal Mineralwasser bestellt und das Bier dankend abgelehnt, und ich war erstaunt, wie gut ich mich wegen dieser Kleinigkeit fühlte.

»Gut gemacht, Charlotte.« Dave schlenderte neben mir her, die Hände in den Taschen vergraben.

»Was?«

»Zum ersten Mal hast du Nein gesagt und das gemacht, was du wolltest. Wasser.« Er hob die Augenbraue.

»Nun, es ist definitiv noch zu früh für Bier.«

»Mach es nicht klein. Das war gut. Der arme George. Er war richtig geknickt.«

Wir waren bei Primrose Cottage angekommen. Ein Auto stand am Straßenrand, und ich lehnte mich dagegen.

»Dann wirst du ihn trösten müssen.« Das war mir herausgerutscht, aber Dave lachte nicht.

»Ich tröste nicht jeden. Das hebe ich mir für ganz besondere Menschen auf.« Seine Hand legte sich einen Moment auf meine Wange, und ich fühlte seine Wärme trotz des kalten Windes.

»Mir geht es gar nicht schlecht im Moment.« Ich spürte, wie die Kälte des Autobleches durch meine Jeans drang und schob mich ein Stück von dem Wagen weg.

»Das ist gut, oder?« Dave sprach leise, trotzdem konnte ich ihn verstehen.

Ich nickte. Obwohl, dachte, ich, wenn ich ihm erzählen würde, wie Tante Millicent mich heute behandelt hatte ... So ein ganz klein wenig Trost konnte nicht schaden. Himmel, ich vermisste es unendlich, festgehalten zu werden, umarmt, geküsst. Ich hatte seit Jahren nicht mehr alleine in einem Bett gelegen, zumindest nicht so lange Zeit. Und wenn mein Bett schon kalt und leer war, dann konnte ich doch zumindest ... Ich meine, nur als Freunde. Ich hob den Blick und sah in seine Augen. »Tante Millie war heute wieder unerträglich.«

»Schlimm?«

»Ganz schlimm.«

»So schlimm, dass ich eingreifen muss?« Seine Arme legten sich um meine Hüften, und ich schloss für einen Moment die Augen.

»Vielleicht.« Unsere Nasen berührten sich fast.

Himmel, dieser Geruch war einfach unglaublich. Ein Kuss, dachte ich. Ein kleiner, harmloser Kuss unter Freunden, das ist alles. Und dann ...

Wir wurden jäh unterbrochen, als ein paar Meter neben uns heftig an eine Scheibe geklopft wurde. Erschrocken fuhren wir auseinander, und unsere Köpfe drehten sich gleichzeitig zum Haus. Tante Millie stand im beleuchteten Fenster und winkte uns herrisch herein.

»Sie hat es immer noch drauf.« Dave verzog das Gesicht. »Ich verschwinde besser.«

»Oh nein. Du lässt mich jetzt nicht alleine da reingehen. Du kommst schön mit und erklärst ihr, dass das alles rein freundschaftlich und einzig zu therapeutischen Zwecken ist.« Ich lachte übermütig, als ich sein Gesicht sah. »Komm schon, dich mag sie wenigstens.« Ich nahm seine Hand und zog ihn mit mir zum Haus.

Tante Millie hatte die Tür bereits geöffnet, als wir ankamen. Ein Blick in ihr Gesicht reichte, um mein eigenes Lachen zu ersticken. Himmel, wir hatten doch gar nichts getan. Kein Grund, deswegen so auszusehen. So zornig. So entrüstet. So blass.

»Tante Millie ...«

Sie unterbrach mich, ehe ich richtig zu Wort gekommen war.

»Charlotte, du hast Besuch. Drinnen. Das heißt, im Moment ist er oben und packt deine Sachen. Er will schnellstmöglich wieder fahren, und er war nicht erfreut, dass du so lange nicht gekommen bist.«

21

Ich brauchte einen Moment, bis ich den Sinn ihrer Worte verstand. Dann setzte mein Herz einen Schlag aus. Josh! Josh war endlich gekommen.

»Hummelchen.« Mit weit geöffneten Armen stand er plötzlich auf der Treppe, schön wie eh und je, und ich tat das, wovon ich die ganze Zeit geträumt hatte: Mit einem Aufschrei stürzte ich mich auf ihn und ließ mich an seine Brust sinken.

»Es tut mir so leid, Josh. Das passiert nie wieder, versprochen?«

»Nun, meine Idee war es nicht.« Er lachte. »Aber lass uns nicht mehr darüber reden, ja? Du kommst zurück nach Bristol, und alles wird gut. Mein Gott, du kannst dir gar nicht vorstellen, wie sehr du mir gefehlt hast, Kleines.« Seine Augen wurden sanft, und ich sah seine Liebe darin. Unsere Liebe.

Ich nickte und wusste, dass mein Gesicht vor Freude glühte. Ja. Alles würde gut werden. Ich kam nicht dazu, es ihm zu bestätigen, denn endlich küsste er mich, und dieser Kuss hatte rein gar nichts gemein mit dem von Dave. Dieser Kuss war fordernd, ungestüm und leidenschaftlich. Dieser Kuss versprach mir, dass er mich nicht gehen lassen würde, ehe seine

Hände meinen ganzen Körper in Beschlag genommen hätten, sein Körper den meinen ganz und gar in Besitz. Ich vergaß, wo wir waren, und wer uns zusah, und presste mich noch ein wenig enger an ihn. Keinen Zentimeter seines wunderbaren Körpers wollte ich unberührt lassen. Wenn er gewollt hätte, ich hätte mich ihm mit Freuden direkt hier auf dieser Treppe hingegeben.

»Das ist ein christliches Haus!« Tante Millicent bellte, und ich ließ sofort los und trat einen Schritt zurück.

»Du hast meine Tante ja schon kennengelernt.« Ich konnte meine Verlegenheit nicht ganz verbergen. »Und das hier ist Dave, der Tierarzt.«

Josh war, im Gegensatz zu mir, voller Selbstbewusstsein. Er sprang die Stufen hinunter und reichte Dave seine ausgestreckte Rechte. »Schön, Sie kennenzulernen, Dave.« Selbst von hier, nur mit dem Blick auf seinen Rücken, konnte ich sehen, wie er in Sekundenschnelle sein Gegenüber scannte und dann süffisant grinste. Ich hörte es an seiner Stimme, und plötzlich war ein Teil meines Hochgefühls weg. Ja, Dave trug wieder eine seiner alten Jeans und sein geliebtes, verwaschenes Flanellhemd unter der alten Wachsjacke, aber das war kein Grund, über ihn zu lachen. Ich trat zu den beiden, doch es war zu spät. Daves Gesicht zeigte eine recht uninteressierte Miene, als er den Gruß knapp erwiderte.

»Gleichfalls, Josh, nicht wahr?«

»Schön, dass Sie sich ein wenig um mein Mädchen gekümmert haben. Muss ja sterbenslangweilig sein hier draußen. Und deshalb«, jetzt wandte Josh sich an mich, »werden wir so schnell wie möglich aufbrechen.«

Nichts hatte ich mir mehr gewünscht. Nun gut, ich trug ein Paar Jeans und einen rosafarbenen Mohairpulli statt des perfekten roten Kleides, und es brannten auch noch keine Kerzen am Weihnachtsbaum, aber ansonsten stimme alles. Er war da, um mich zu holen, und seine bestimmte Art ließ keinen Zweifel zu, wie sehr er mich vermisst hatte. Dennoch biss ich mir auf die Unterlippe. Ein Tag Vorlauf wäre nicht schlecht gewesen. Damit ich hier alles regeln konnte, Abschied nehmen.

»Josh, ich weiß nicht, ob ich so schnell gehen kann. Ich habe versprochen, bei meiner Tante zu bleiben, du weißt doch. Ich muss erst ...«

»Keine Sorge, Hummelchen, auch das Problem habe ich gelöst. Darf ich vorstellen, das ist Ruth.«

Als wäre dies ein Theaterstück und sie eine Schauspielerin, die nur auf das Stichwort gewartet hatte, betrat eine Frau den Flur. Sie war groß und kräftig gebaut, mit kurzen, blonden Haaren und einem sympathischen Gesicht. Ihre ganze Art, ihre Bewegungen zeugten von Effizienz und Erfahrung. Und sie trug tatsächlich einen weißen Kittel.

»Ruth ist ausgebildete Krankenschwester und hat viele hervorragende Referenzen, was private Pflege betrifft. Sie wird deinen Platz übernehmen. Und ganz unter uns, ich denke, sie ist in diesem Fall die kompetentere Wahl.« Josh grinste zufrieden.

Ich warf einen Blick auf meine Tante. Ihr Gesicht war versteinert.

»Ich weiß nicht. Ich meine, es ist wunderbar, dass du dir Gedanken darüber gemacht hast, aber vielleicht sollten wir die Wahl meiner Tante überlassen?«

»Natürlich. Wir haben das dahingehend geregelt, dass deine Tante es ein paar Tage probiert und sich dann entscheidet. Wenn sie das Gefühl hat, es passt nicht, schickt der Pflegedienst innerhalb eines Tages jemand anderes. Sogar hier raus.« Er strahlte in die Runde.

Ich warf einen vorsichtigen Blick zu Tante Millicent. Josh hatte es gut gemeint, das war sicher. Er war so, er musste täglich Entscheidungen treffen, effizient denken. Darin war er sehr gut, das war schließlich das Geheimnis seines Erfolges. Und nun hatte er seine Begabung eingesetzt, um mir zu helfen, und nebenbei auch ihr. Trotzdem, ich hatte so eine Ahnung, dass sie dies überhaupt nicht schätzte.

Nun, es war, wie es war. Sie konnte nicht alleine bleiben, und ich konnte nicht hier bleiben. Ich hatte mein eigenes Leben, und das durfte ich nicht noch einmal riskieren. Wer weiß, wäre ich in der Stadt geblieben, vielleicht wären wir schon längst wieder zusammen, hätten nicht so viel Zeit verschenkt.

Tante Millie sah es wohl an meinem Gesicht. Sie hob das Kinn, und ihre Augen hatten wieder diesen harten Ausdruck. »Komm, Dave. Ich denke, ich brauche jetzt einen doppelten Sherry.«

Josh hatte schon die meisten Sachen in die Tasche gepackt. Ich öffnete noch einmal alle Schränke und Schubladen. Nichts mehr von mir da. Dann drehte ich mich um und sah mich ein letztes Mal in diesem Zimmer um, das heute von Ruth übernommen werden würde. Wie ungern war ich hierhergekommen. Aber nicht alles hier war schlecht gewesen, und ich war überrascht, so etwas wie Wehmut zu fühlen, weil die Zeit nun abrupt endete. Schnell ging ich zur Tür, wo Josh wartete.

»Na dann.« Etwas verlegen stand ich im Wohnzimmer, um mich zu verabschieden. Tante Millicent saß in ihrem Sessel, ein Glas in der Hand und starrte unbeeindruckt zurück. »Dann werden wir jetzt also fahren. Du kannst mich jederzeit anrufen, wenn etwas ist. Oder wenn du reden willst.« Ich verstummte. Zum Teufel mit ihr. Sie konnte mir doch wenigstens einmal entgegenkommen.

»Dave. Es war wirklich ganz besonders, dich kennenzulernen.« Ich fürchtete, dass auch er mich mit Verachtung strafen würde, aber das tat er natürlich nicht. Er stand auf und kam auf mich zu.

»Das ist es also? Dein Glück?«

Ich nickte.

»Dann wünsche ich dir alles Gute. Auch für mich war diese Freundschaft etwas Besonderes, Charlotte, und wenn du jemanden brauchst ... Du hast meine Nummer.«

Ich nickte und schluckte gegen den Kloß in meinem Hals an. Von Dave Abschied zu nehmen, fiel mir überraschend schwer, und ich ließ mich noch ein letztes Mal in seine starken Arme ziehen, roch noch einmal diesen unvergleichlichen Duft, der mich so oft getröstet hatte.

Dann erschien Josh in der Tür und räusperte sich. »Ich will ja nicht drängen, aber wir haben noch eine längere Autofahrt vor uns, und es sieht aus, als ob es schneien würde. Wir sollten jetzt los.«

Ich nickte wieder und straffte mich. Dann beugte ich mich vor und küsste die erstarrte Tante Millie auf die Wange. »Mach es gut. Ich weiß, dass ich dir keine große Hilfe war. Trotzdem danke für die Zeit hier.

Ich war wirklich gerne in Primrose Cottage.«

Dann klapperte Josh mit den Schlüsseln, und ich drehte mich um und ging schnell hinaus. Tränen kamen nicht infrage. Schließlich war ich glücklich.

22

»Und, gute Überraschung oder schlechte?« Josh war offensichtlich sehr zufrieden mit sich.

»Gute.« Er hatte es ja schließlich nicht besser gewusst. Woher sollte er auch wissen, dass es nicht ganz einfach war, jemanden Knall auf Fall zu verlassen, wenn man eine so intensive gemeinsame Zeit hinter sich hatte wie wir.

»Dann wird dir meine nächste Überraschung auch gefallen.«

»Ja?« Ich sah überrascht zu ihm hinüber.

»Ja. Ich habe nämlich nicht vor, heute noch nach Bristol zurückzufahren. Ich habe in einem dieser Käffer ein recht nettes Hotel aufgetan, und genau dort fahren wir jetzt hin. Schließlich sollst du nicht noch stundenlang warten, ehe du mir zeigen kannst, wie dankbar du für deine Rettung bist. Ah, da sind wir ja schon.«

Er parkte schwungvoll auf dem kleinen Parkplatz und stieg aus. »Nicht gerade das Hilton, aber es wird gehen. Und schließlich werden wir wenig Zeit haben, das Interieur zu begutachten.« Er beugte sich vor und küsste meinen Nacken, genau da, wo es am schönsten war. »Ich habe dich wirklich vermisst, Hummelchen.«

Ich hatte ihn auch vermisst, oh ja. Seine Hände, seine Haut, seine Lippen. Wir hatten gekichert wie zwei Teenager, und die ältere Dame am Empfang hatte sich offensichtlich nicht entscheiden können, ob sie uns wohlwollend belächeln sollte, weil wir so offensichtlich verliebt waren, oder missbilligend die Nase rümpfen, weil wir uns benahmen wie ein verheiratetes Paar, das sich einen Abend Zeit füreinander gestohlen hatte – vom jeweiligen Ehepartner. Schließlich hatte sie uns den Schlüssel ausgehändigt und persönlich in das Zimmer gebracht.

Josh hatte recht, es war nicht das Hilton, aber es hatte einen Kamin, in dem die Flammen munter tanzten, und ein breites Himmelbett mit schweren, geblümten Vorhängen in dezenten Farben. Mehr brauchten wir heute nicht. Kaum hatte die Empfangsdame die Tür hinter sich geschlossen, hatte Josh die Tasche fallen lassen, mich an sich gerissen und geküsst, dass mir Hören und Sehen verging. Seine Hände waren überall, und er zerrte und riss an meinen Jeans, die nicht schnell genug von meinen Hüften rutschen wollten. Ich ließ mich von seiner Leidenschaft mitreißen und gab alles, um auch ihn möglichst schnell aus seinen Kleidern zu bekommen. Und dann endlich war nichts mehr da, das uns trennte, war seine Haut auf meiner. Mein Mund war heiß und prall von seinen Küssen, und ich fühlte mich so sinnlich und begehrt wie nie zuvor. Das Gefühl, dass er mich so sehr vermisst haben musste und dass er es kaum erwarten konnte, mit mir zu schlafen, machte mich an. So sehr, dass ich immer mutiger wurde.

»Soll ich dir nun zeigen, wie sehr ich dich vermisst habe?« Ich ließ meinen Mund über seine Brust gleiten. Josh stöhnte, und ich genoss das Geräusch. »Dann pass mal auf.« Ich sah in seine Augen, die dunkel waren vor Verlangen, und meine Hand übernahm die Route, die mein Mund begonnen hatte. Als er die Augen schloss und kleine Schweißperlen auf seiner Stirn erschienen, ließ ich mich endlich langsam auf ihn sinken. Heute Nacht war definitiv der Beginn meines neuen Lebens.

Josh schnarchte leise neben mir, aber ich wollte noch nicht schlafen. Ich wollte ihn ansehen und mein Glück genießen. Heute hatte ich ein neues Kapitel aufgeschlagen. Ich hatte zum ersten Mal die Regie übernommen, und es war großartig gewesen. Irgendwie hatte ich heute Abend Josh komplett überrumpelt, und eine leichte Röte zog sich über meine Wangen, als ich daran dachte, wie ich mich benommen hatte. Ich hatte gesagt, dass ich ihm zeigen wolle, wie dankbar ich sei, doch im Rausch meiner Leidenschaft war das irgendwie untergegangen. Ich hatte zum ersten Mal vergessen, darauf zu hören, ob es ihm gefiel, mithilfe seiner kleinen Geräusche darauf zu achten, ob es gut war für ihn. Ich hatte auf gar nichts mehr geachtet, nur noch auf dieses Ziehen in meinem eigenen Körper. Ob ich ihn wecken sollte? Ich hätte keine Einwände, das Ganze noch einmal zu wiederholen. Sanft begann ich, seine Brust zu streicheln, sein Hals, sein Ohr. Josh brummelte etwas und drehte sich um. Nun ja, er hatte einen langen Tag gehabt. Morgen. Ab morgen konnte ich das jeden Tag haben. Mit einem Lächeln im Gesicht schlief ich schließlich ein.

Ich muss zugeben, ich hatte erwartet, dass wir am Morgen da weitermachen würden, wo wir am Abend aufgehört hatten, aber Josh war definitiv schon wieder im Arbeitsmodus. Er weckte mich unchristlich früh auf.

»Charlotte, aufwachen. Wir müssen los, ich muss um acht im Büro sein.«

»Hmmm.« Ich streckte mich verschlafen und ließ zu, dass die Decke etwas verrutschte.

»Charlotte ...«

Ich öffnete die Augen und blinzelte. Ein kurzer Blick auf den Wecker. Definitiv zu früh.

»Das Büro wartet.« Joshs Stimme war wenigstens nicht mehr ganz so geschäftig wie gerade eben.

»Soll warten.«

Er seufzte. »Du hast keine Ahnung, was in letzter Zeit alles los war.«

Da hatte er recht. Ich hatte auch keine Ahnung, ob er mit »das Büro wartet« nur sich oder uns beide meinte.

»Äh, Josh?«

Er seufzte schon wieder. »Was denn?«

»Mein Job. Also, das ist doch noch mein Job, oder?« Ich sah ihn an und zog mit den Zähnen die Unterlippe nach innen.

»Natürlich, Hummelchen. Auch wenn du in der denkbar schlechtesten Zeit weggelaufen bist, aber ich will ja nicht so sein. Schließlich muss es auch Vorteile haben, mit dem Chef zu schlafen.« Er grinste.

»Mit dem Chef zu schlafen ...« Ich hörte die Verlockung in meiner Stimme, als ich wie unabsichtlich die Decke noch ein Stückchen weiter nach unten gleiten ließ.

Joch schien tatsächlich einen Moment zu überlegen, einen ganz winzigen. »Die Landluft scheint dir gut zutun.« Nun war auch in seiner Stimme ein neuer Unterton, den, auf den ich gehofft hatte. »Du willst es nicht anders ...«

Eine halbe Stunde später saßen wir im Auto, einen Coffee to go in der Hand. Josh summte vor sich hin und schien sehr mit sich zufrieden. Ich saß daneben und war eher nachdenklich. Was war das gerade gewesen? Rein-raus-fertig. Danke und bitte mach jetzt, die Arbeit wartet. Kein Gedanke an dieses schöne Ziehen und Prickeln von gestern. Im Gegenteil. Mein Körper war nur bis zur Aufwärmphase gekommen, und in der verharrte er nun. Unruhig rutschte ich etwas hin und her. Ich hatte gestern Abend wirklich gedacht, das könnte nun anders werden. Anscheinend musste ich da noch etwas Zeit und Überzeugungskraft investieren.

Josh hatte mich auf dem Weg ins Büro an unserer Wohnung abgesetzt. »Du kommst, sobald du umgezogen bist. In diesen Klamotten willst du ja sicher nicht zur Arbeit erscheinen.« Er hatte meine Jeans und den Pulli gemustert, und ich hatte genickt. Natürlich nicht.

Tief durchatmend betrat ich unsere Wohnung. Alles war sauber und ordentlich, was zu erwarten gewesen war. Und … ich sah mich um. Leblos, das war es. Ich hatte mich so an Primrose Cottage gewöhnt, an all die kleinen Dinge, die herumstanden, den Adventskranz, die Girlanden. Hier war nichts davon. Natürlich nicht, denn das war ja immer mein Ding gewesen. Es war nicht zu erwarten, dass

Josh plötzlich losging und Deko beschaffte. Ich setzte es ganz oben auf meine To-do-Liste. Schließlich war in drei Wochen Weihnachten. Und ich hatte plötzlich das Gefühl, etwas von dem vorweihnachtlichen Zauber in mein neues Leben retten zu müssen.

»Du hast was?« Joshs Mund verzog sich.

»Nun, ich war noch ganz schnell einkaufen. Aber jetzt bin ich ja da.« Ich lächelte Phil zu, der verlegen auf seinen Monitor starrte.

Ich hatte mit ganz oben auf der Liste wirklich ganz oben gemeint. Nachdem ich mich in ein schickes, arbeitstaugliches Etuikleid geschmissen und die hochhackigen Pumps herausgekramt hatte, war ich auf dem Weg ins Büro noch schnell bei »Flowers and more«, meinem Lieblingsfloristen, gewesen. Ich hatte einen wunderschönen, ziemlich rustikalen Adventskranz gekauft und aus einer Laune heraus eine Tannengirlande bestellt. Wir hatten zwar nur einen elektrischen Kamin, aber einen wunderschönen Fake-Kaminsims, der sich herrlich ausnehmen würde damit. Dann hatte ich noch ein paar bezaubernde weihnachtliche Dekosachen ausgesucht, die es hier im Überfluss gab. Natürlich dauerte so etwas immer ein wenig länger, als man dachte.

Josh atmete dreimal tief ein. »Gut.« Er hob seine Hand und fuhr sich über die Stirn, als hätte er Kopfschmerzen. »Na dann. Phil wird dich auf den neusten Stand bringen. Ich habe jetzt einen Termin und bin schon reichlich spät dran.« Er eilte hinaus, das Handy am Ohr.

Phil hob den Blick und grinste verlegen. »Freut mich, dass du wieder da bist. Hattest du eine schöne Zeit?«

Ich nickte. Und als ich den Papierberg auf meinem Schreibtisch sah, nickte ich noch mal. Ich hatte ja keine Ahnung gehabt wie schön. Und wie ich dafür bezahlen würde.

23

Meine Girlande konnte ich vergessen. Ich saß bis spät abends im Büro und arbeitete wie eine Verrückte. Phil hatte gemacht, was absolut notwendig war, aber er hatte genug eigene Arbeit auf dem Tisch. Also hatte er alles, was nicht so wichtig war, liegen lassen. Ich würde Wochen brauchen, um wieder auf dem Laufenden zu sein. Seufzend nahm ich den nächsten Packen Blätter in die Hand.

»Kommst du? Wir haben noch einen Termin.«

Ich sah auf. Josh stand in der Tür, in Mantel und Schal.

»Einen Termin? Ich wusste nicht, dass noch was ansteht.«

»Ich habe es in deinen Kalender eingetragen.«

Der Kalender! Ich hatte es vor lauter Arbeit schlichtweg vergessen, in meinen Planer zu sehen. Schnell klickte ich die Seite an.

›Weihnachtsmarkt. Glühweinstand, 20.00 Uhr. Mr Forster, Firma CPTecs‹. Ich sah auf die Uhr. Viertel vor acht.

»Ich muss mir nur schnell was anderes anziehen, ich komme dann nach.«

»Ich hätte es lieber, wenn du gleich mitkommst. Du siehst doch sehr nett aus. Und Mr Forster steht auf dich, wie du weißt. Er war nicht sehr angetan, dass du das letzte Mal nicht da warst, und er ist ein sehr guter Kunde.«

Unsicher sah ich auf meine Pumps. Das würde ein kalter Abend werden. Josh legte seinen Kopf schief und setzte sein bezauberndstes Lächeln auf. Ich nickte langsam.

»Du bist die Beste.« Er hielt mir schon meinen Mantel hin, und ich schlüpfte hinein. Für dieses Lächeln würde nicht nur ich alles tun.

Nein, es war nicht kalt. Es war arschkalt. Ich trippelte von einem Bein auf das andere, während mein Lächeln für Mr Forster langsam bemüht wurde. Das war schade, denn ich mochte ihn gerne. Er war der Personalchef einer großen Firma, und wir hatten schon viele gemeinsame Events organisiert. Vertrauensbildung für Führungskräfte, Teamfähigkeit erproben im Klettergarten, aber auch ein paar richtig spektakuläre Sachen, die er mit und für seine besten Kunden machte. Er sah zwar ziemlich durchschnittlich und ziemlich langweilig aus in seinem dunkelblauen Wollmantel und mit dem stetig schütterer werdenden Haar, aber er war für jede actionreiche Sache zu haben. Je aufregender, desto begeisterter war er. In Wahrheit, so dachte ich manchmal, machte er all diese Sachen für sich. Die anderen mussten halt mit, ob sie wollten oder nicht.

Für Josh war er einer der wichtigsten Kunden. Nicht nur, weil er regelmäßig bei uns buchte, sondern auch, weil er wirklich viel und wirklich gute Werbung für uns machte. Er war sich sicher, dass die Events erfolgreich waren und dass der Firmenerfolg, den CPTecs verzeichnete, auf der Mitarbeiterzufriedenheit und der Stimmung im Team gründete. Und deshalb bekam Mr Forster regelmäßige Zuwendung. Das heute Abend war auch so etwas. Ein entspannter Abend auf dem Weihnachtsmarkt, ein bisschen plaudern, das stärkte die Bindung und vermittelte das Gefühl, etwas Besonderes zu sein.

»Meine Güte, Charlotte. Ihre Füße müssen ja mittlerweile erfroren sein.« Er sah mich mitleidig an, wie ich da so vor mich hin hippelte, immer von links nach rechts, weil die Kälte durch die dünnen Sohlen kroch und zusätzlich für Eisfüße sorgte.

»Geht schon.« Ich lächelte tapfer, während ich sehnsuchtsvoll an meine neuen Outdoor-Stiefel dachte. Was gäbe ich jetzt für diese Schuhe.

»Da vorne wird ein Tisch frei. Dann können Sie auf einem Hocker sitzen und müssen wenigstens nicht mehr auf dem kalten Boden stehen.« Er marschierte energisch los, und wir folgten. Josh hatte einen Moment unmutig die Augenbrauen zusammengezogen; er mochte es nicht, wenn jemand »Umstände« machte. Unser Geschäft war Freude und Abenteuer und Wildheit, nicht jammern wegen kalter Zehen. Normalerweise hätte ich mich entschuldigt, aber heute nicht. Ich meine, er hatte Boots an, mit einer dicken Sohle, da würde mir das Herumstehen auch nicht so viel ausmachen.

»Josh, Sie müssen gut auf die junge Dame aufpassen, sonst wird sie uns noch krank.«

»Natürlich. Aber Charlotte ist ja ganz robust, nicht wahr?« Er kniff mir in die Hüfte und lachte. Ich lachte höflich mit. Mr Forster entging die Anspielung vielleicht, mir nicht.

Wir verbrachten fast drei Stunden in der Kälte. Wenn Josh anfing, über seine neusten Entdeckungen zu reden, neue aufregende Locations, dann vergaß er die Zeit. Und er war heute natürlich an der richtigen Adresse. Ich hielt mich zurück, denn einiges von den Sachen, die heute vorgestellt wurden, kannte ich selbst nicht. Noch nicht, dachte ich. Wahrscheinlich würde ich demnächst also Wildpferde reiten lernen müssen – das Event für echte Kerle. Cowboyspiele und Lagerfeuer.

Am Tisch neben uns entstand Aufruhr, und ich drehte meinen Kopf. Ein junger Mann drängte sich durch, mit vielen Entschuldigungen nach links und rechts, weil der Rollstuhl, den er schob, überall aneckte. Der alte Mann, der darin saß, unterstützte ihn von Herzen, indem er auf alle schimpfte, die keinen Platz machten und rücksichtslos genug waren, einfach hier rumzustehen und den Platz zu verstopfen. Plötzlich dachte ich an Tante Millie. Wenn das nicht ein Gefährte ganz nach ihrem Geschmack war. Die beiden könnten zusammen so richtig loslegen und allen mal sagen, was sie falsch machten. Das wäre doch mal ein Event für diese Manager – da lernte man einiges über Teamplayer und Durchsetzungsvermögen und Frustrationsbewältigung. Ich musste lächeln, als ich mir vorstellte, wie sie den Herrschaften den richtigen Ton und den Umgang mit Beschwerden nahebrachten. Als wir uns endlich verabschiedeten, waren meine Füße zwar nicht mehr zu spüren, aber ich lächelte dennoch von Herzen.

Zu Hause ließ ich mir als Erstes ein Bad ein und taute meinen gefrorenen Körper wieder auf. Ich hätte stundenlang in der Wanne liegen können, aber ich fürchtete, dass Josh dann einschlafen würde, und das wollte ich nicht. Schließlich hatten wir einiges nachzuholen.

»Du warst großartig heute Abend«, hatte Josh auf dem Heimweg im Taxi gesagt. »Großartig und sehr tapfer.« Er hatte seine Hand auf meinen Schenkel gelegt und war zusammengezuckt. »Himmel, du bist eiskalt, weißt du das?«

Ich nickte. War mir nicht entgangen.

Kurz entschlossen zog Josh seinen Mantel aus und breitete ihn über meine Beine. Es war köstlich, er war ganz warm von seinem Körper.

»Wenn wir zu Hause sind, dann wärme ich dich«, flüsterte er mir ins Ohr. »Ich weiß doch, was ich meinem Mädchen schulde.«

Er lag im Bett und grinste, als ich endlich ins Schlafzimmer kam. »Gar nicht mehr kalt?« Seine Hände strichen wie zur Kontrolle über meine Oberschenkel.

Ich spürte, wie sich eine Gänsehaut über meinen Körper zog, schon wieder. Aber diesmal eine gute, nicht eine, weil ich in viel zu dünnen Klamotten in der Kälte rumstand.

»Hm, Vanille. Du riechst lecker.«

»Du auch.« Ich schnüffelte ebenfalls. Ja. Josh roch gut, nach Aftershave. Ich schnüffelte noch einmal. Irgendwo darunter musste doch noch ein anderer Geruch sein, einer, der ihn ausmachte. Kein Parfum, das jeder sich aufsprühen konnte, sondern ein Duft, der nur Josh war. Ich fand nichts, weil das Aftershave alles überdeckte, aber er war jetzt eh schon in vollem Gange. Er musste mich wirklich, wirklich vermisst haben, denn er kam viel zu schnell und viel zu früh, und ich hatte wieder Mühe, den Rhythmus mitzuhalten. Aber das war ja verständlich, schließlich hatte er in den letzten Wochen abstinent gelebt, also keuchte und stöhnte ich auch, als er damit anfing.

Wir waren schon fast eingeschlafen, als ich es sah. Auf dem Regal, neben dem Bett. Ich hatte vorher nicht so genau hingesehen, oder ich hatte es nicht sehen wollen. Doch da stand sie, die Schachtel, mit der der ganze Schlamassel begonnen hatte. Klein, dunkelblau, mit einem Klappdeckel und edlem Samtbezug. Harmlos und Vorfreude erweckend stand sie da, und meine gute Laune war weg. Er hatte es also nicht aufgegeben. Ich hatte doch deutlich gemacht, was ich davon hielt. Und dennoch hatte er sie wieder hier platziert, als Mahnmal oder was auch immer. Am liebsten hätte ich sie aus dem Fenster geworfen, aber das traute ich mich nicht.

24

Ein paar Tage später herrschte helle Aufregung im Büro. Josh sollte ein Interview geben für eine regionale Tageszeitung. Im Wirtschaftsteil wurden in loser Reihe immer mal wieder Unternehmen vorgestellt, die als besonders innovativ, erfolgreich oder umweltfreundlich galten oder die sich sonst aus der Masse abhoben. Josh hatte man ausgewählt, weil er ein ziemlich rasantes Wachstum vorweisen konnte.

Die Reporterin kam pünktlich auf die Minute. Sie war eine dieser großen, sehr schlanken Frauen, und sie sah erstaunlich jung aus. Ich fragte mich, ob man wohl eine Praktikantin abgestellt hatte, aber anscheinend war sie seit zwei Jahren bei der Zeitung angestellt. Josh nickte beeindruckt; zielstrebig und tüchtig, das waren Eigenschaften, die er sehr schätzte.

Sie begannen, und ich ging hinaus, um einen Kaffee zu holen. Ich suchte eine Weile in den Schubladen, wo eigentlich immer ein paar Kekspackungen für solche Zwecke gelagert wurden, aber es war nichts zu finden. Wahrscheinlich hatten sie alles leer gegessen und dann versäumt, Nachschub zu holen. Ich würde in der Mittagspause einen neuen Vorrat besorgen müssen.

Als ich wieder in das Zimmer kam, waren die beiden munter am Plaudern.

»Ich würde Ihnen gerne ein paar persönliche Fragen zu Ihrer Person stellen. Das kommt bei unseren Lesern gut an, und es macht den Menschen, der porträtiert wird, nahbarer.«

»Kein Problem.« Josh lehnte sich entspannt zurück.

»Gut. Sind Sie verheiratet?«

»Nein.« Er lachte.

»Also noch zu haben?«

»Auch nicht. Ich lebe mit meiner Freundin zusammen.«

»Wollen Sie irgendwann Kinder?«

»Vielleicht. Wenn die Zeit dafür kommt, werde ich es wissen.«

Ich schluckte.

»Was ist Ihre Lieblingsfarbe?«

»Schwarz.«

»Ihr Lieblingsessen?«

»Sushi.«

Das war mir neu. Wir waren ein paar Mal Sushi essen gewesen, weil es eben jeder tat, aber Josh war nie davon begeistert gewesen. Nun, vielleicht hatte er es noch einmal probiert, während ich bei Tante Millie war, und hatte sich schockverliebt. In rohen Fisch.

»Ihr Lieblingstier?«

»Die Hummel.«

»Ihr ... Hummel?« Die Reporterin sah ihn ungläubig an. Wie ich hatte sie wahrscheinlich mit Hund oder Hai oder von mir aus Wildpferden gerechnet.

Josh grinste siegessicher. »Ja. Die Hummel ist doch ein faszinierendes Tier, oder? Physikalisch betrachtet ist sie viel zu plump und schwer zum Fliegen. Und was macht die Hummel? Sie weiß es nicht und fliegt trotzdem.« Er lachte. »Und außerdem, das bleibt allerdings unter uns, habe ich Mitleid mit ihr. Ich meine, jeder sagt doch Pferd, weil es so rassig ist, oder Hai, weil er so stark und angsteinflößend ist, oder von mir aus Hund, weil er der beste Freund des Menschen ist. Wer aber würde die unscheinbare, plumpe Hummel wählen?« Er grinste siegessicher.

Ich drehte mich um und ging hinaus, ehe er in seinem neuen Mitteilungsbedürfnis noch dazusetzte, dass er mich so nannte. Bisher hatte ich es charmant gefunden. Ich hatte gedacht, es klinge süß und nett, ein bisschen quirlig und nicht so langweilig. Nun, das würde ich überdenken müssen.

Seit dem Interview war Josh bester Laune. Er hatte die Reporterin mit seinem Charme um den Finger gewickelt, und sie hatte ein strahlendes Bild von ihm gezeichnet. Er wurde als erfolgreicher, dynamischer und sehr gut aussehender Unternehmer beschrieben, was ihm sehr gefiel. Das passende Foto dazu zeigte ihn von seiner Schokoladenseite.

Aufgrund dieses Artikels waren wir heute Abend auch zu einem Essen eingeladen worden. »Ein lockerer Abend, um Kontakte zu knüpfen«, hatte Josh gesagt. Ein bisschen »Networken«.

Dafür, dass es locker sein sollte, war er ganz schön aufgeregt. Er stand schon fix und fertig vor dem Spiegel, als ich aus dem Bad kam und ein Kleid aus dem Schrank nahm.

»Willst du das heute tragen?«

Ich sah ihn ja. »Ja.«

»Ich denke, das hier wäre besser.« Er holte ein schwarzes heraus und hielt es mir hin.

»Aber ...« Ich verstummte und nahm das Kleid aus seiner Hand. War ja egal. Ich hatte zwar heute irgendwie Lust auf Farbe gehabt, aber das schwarze war auch toll.

»Du siehst gut aus.« Josh küsste mich zufrieden, nachdem er den Reißverschluss geschlossen hatte. »Deine Hüften sehen richtig schmal aus darin.«

»So breit sind meine Hüften nun auch nicht.« Himmel, dass er ewig darauf herumreiten musste.

»Schon gut, Hummelchen.«

»Und nenn mich nicht immer Hummelchen. Oder hast du mit mir auch Mitleid?«

Er lachte. »Nimm doch nicht immer alles persönlich. Warum sollte ich Mitleid mit dir haben? Du weißt doch, was du mir bedeutest. Und nun sollten wir los.«

Was war nur mit mir los? Ich saß einigermaßen schlecht gelaunt zwischen all diesen lachenden Menschen. Josh neben mir strahlte und versprühte seinen Charme. Ich sah ihm dabei zu, und zum ersten Mal, seit ich ihn kannte, nervte mich sein Zahnpasta-Lächeln.

Ich strich mein unauffälliges schwarzes Kleid glatt und nahm mir noch ein Glas Champagner. Wieso trug ich nicht, wie ich es vorgehabt hatte, mein grünes? Wieso hatte ich mich seinem Willen gebeugt – mal wieder. Daves Worte schossen mir durch den Kopf. »Du willst immer gefallen. Sei doch du selbst.« Wieso war es so schwer, mit Josh ich selbst zu sein?

»Ich habe die Firma ganz alleine aufgebaut. Das war nicht leicht, ohne Kontakte, ohne den richtigen Background. Aber Qualität überzeugt.« Josh lachte. Er stand bei einem Typen, der noch umwerfender aussah als er. Allerdings auf eine leicht schmierige Art. Er war mir sofort unsympathisch – der Typ, meine ich.

»Ich habe ganz schön hart durch müssen.« Josh war immer noch am Reden.

Eigentlich, dachte ich, stimmte das nicht so ganz.

Er hatte alles aufgebaut, ja, aber Edward hatte ihn am Anfang unterstützt. Er hatte ihn an Geschäftspartner empfohlen, das ein oder andere Event organisieren lassen ... Josh hatte Chancen bekommen, mehr als andere. Er hatte sie genutzt und so die Firma schnell in die Gewinnzone gebracht. Und außerdem hatte er mich gehabt, mal ganz nebenbei. Ich war von Anfang an dabei gewesen, für einen Hungerlohn in der ersten Zeit. Ich hatte lange Abende mit ihm im Büro verbracht. Es hatte uns Spaß gemacht, zusammen etwas zu wagen, etwas aufzubauen, an einer Zukunft zu basteln. Ich war so etwas wie sein Partner gewesen.

»Ah, da ist ja Charlotte.« Josh winkte mich zu sich. »Das ist meine Sekretärin und Lebensgefährtin in Personalunion.« Wieder dieses Lachen.

Sein Gesprächspartner ließ den Blick langsam an mir hinuntergleiten und grinste schmierig. »Oha.« Sein Grinsen wurde noch etwas breiter. »Clever. Ich habe die Erfahrung gemacht, dass es ganz gut ist, diese Jobs zu kombinieren. Sie arbeiten länger und für weniger Geld, solange sie mit dem Chef schlafen dürfen.«

Josh hatte zumindest den Anstand, etwas betreten dreinzublicken. »Nun, das ist nicht der Grund.«

»Natürlich.« Mr Oberschmierig röhrte los. »Und, Charlotte, wie ist er so als ... Chef?«

Ich spürte Joshs Hand in meinem Rücken. »Verdirb es nicht«, sollte das wohl heißen, und schluckte.

»Nicht sehr gesprächig, ihre Kleine. Nun ja, meinen Erfahrungen nach sind die Ruhigsten oft die Wildesten.« Wieder grinste er schmierig. Josh erwiderte nichts. Der Typ leckte sich die Lippen. »Hat mich gefreut. Ich denke, wir beide«, er klopfte Josh auf die Schulter, »werden uns häufiger sehen. Aber jetzt muss ich mal die Kleine dahinten klarmachen. Steht ganz alleine rum in diesem heißen Teil, ich denke, ich erbarme mich und nehme sie heute Abend mit.« Er zwinkerte mir zu und schlenderte davon.

»Ich würde jetzt gerne gehen.« Ich konnte Josh nicht ansehen. Wieso legte er sich nicht einmal für mich ins Zeug? Warum buckelte er vor diesen arroganten Ärschen? Dave hätte diesem Blödmann gesagt, wohin er sich verziehen sollte. Ich konnte es nicht verhindern, aber der Gedanke war plötzlich da und schürte meine Wut. Er hätte gesagt, dass Geld und Macht nicht alles entschuldigen und dass niemand so über mich reden durfte.

»Charlotte, dieser Abend ist wichtig für mich.«

»Jeder Abend ist wichtig für dich. Aber nicht für mich. Ich bin nur die Sekretärin, die mit dem Chef schlafen darf.«

»Charlotte, bitte ...«

Ich hatte genug. Ich konnte auch alleine gehen. Ich stand ja die meiste Zeit auch nur alleine herum, da würde mich kaum jemand vermissen.

»Ich gehe. Du kannst gerne bleiben, bis du auch dem Letzten in den Hintern gekrochen bist.«

25

Auf dem Heimweg saß ich im Taxi und hielt mühsam die Tränen zurück. Es war, als hätte mir jemand die rosarote Brille heruntergerissen, mit der ich die letzten Jahre durchs Leben gegangen war. So viele Begebenheiten sah ich nun wieder vor mir, aber in einem ganz anderen Licht.

Als ich Josh kennengelernt hatte, war ich eine unsichere, junge Frau voller Selbstzweifel gewesen. Er war das genaue Gegenteil von mir, und er hatte sich in mich verliebt. Ich war so dankbar, dass er mich überhaupt bemerkte, dass ich alles tat, um ihm zu gefallen. Ich hatte mich seinem Rat und seiner Führung unterstellt, immer in der Angst, etwas Falsches zu sagen oder zu tun, und damit seine Aufmerksamkeit zu verlieren. Im Laufe der Jahre war es zu meiner zweiten Natur geworden. Ich hatte alte Freunde vernachlässigt, meinen Stil umgekrempelt, war Raften und Klettern und Seilbahnfahren gegangen, um ihm zu gefallen. Ich hatte gedacht, ich tue das gerne, aber jetzt merkte ich plötzlich, dass ich überhaupt nicht glücklich war mit meinem Leben. Ich verbog mich, und dennoch war es nie genug. Immer gab es noch etwas, das ich tun sollte, ändern musste, schlucken musste.

Wann hatte er etwas für mich gemacht? Ich sah auf die Tannengirlande, die auf dem Balkon lag. Ich hatte sie endlich abgeholt und am Kaminsims drapiert. Es sah wunderschön aus, und ein Hauch des Weihnachtszaubers, den ich in Primrose Cottage verspürt hatte, wehte durch unsere Wohnung. Bis Josh kam. Er hatte sie gemustert und gemeint, dass sie bestimmt bald Nadeln verlieren würde, und das dann sicher nicht nett aussähe, vom Dreck in der Wohnung mal ganz zu schweigen. Dann hatte er den Adventskranz gemustert und gefragt, ob ich jetzt den Landhaus-Chic bevorzugen würde und ich wirklich dachte, das passe zu uns.

Also hatte ich die Girlande wieder abgenommen und den Adventskranz um einige Teile seiner Dekoration beraubt, bis er nicht mehr so »ländlich« war. Ich hatte die Wachsjacke ganz hinten in den Schrank gehängt und meine warmen Stiefel gleich darunter verstaut. Er hatte weiter gemacht wie bisher.

Unruhig wanderte ich durch unsere Wohnung. Ich wollte keine solchen Gedanken haben. Ich wollte nicht, dass plötzlich alles anders war, seinen Glanz verlor. Trotz allem war Josh doch der Mann meiner Träume, oder? Der Mann, der eines Tages mit einem Ring vor mir knien würde.

Mein Blick fiel auf die Schachtel, die noch immer neben meinem Bett stand. Nein, nichts wäre anders, und wahrscheinlich auch nicht gut. Ich würde den Rest meines Lebens damit zubringen, ihm zu gefallen, seinen Anforderungen gerecht zu werden, und wahrscheinlich nie wirklich das Ziel erreichen. In einem plötzlichen Anfall von Wut packte ich die verdammte Schachtel und warf sie an die Wand. Danach ging es mir wenigstens ein bisschen besser.

»Ich habe allen gesagt, dass du dich nicht wohlgefühlt hast.« Ein wenig Unmut lag immer noch in seiner Stimme. Ich hatte so getan, als schliefe ich, als er gestern heimgekommen war, und er hatte so getan, als glaubte er mir. Nun jedoch, beim Frühstück, ließ es sich nicht vermeiden, darüber zu reden. »Aber es sollte nicht zur Gewohnheit werden. Wenn wir erfolgreich sein wollen, dann müssen wir dafür arbeiten.«

»Ich bin doch nur die Sekretärin.«

»Was ist los mit dir? Seit du in den Cotswolds warst, bist du völlig anders.«

Ich überlegte kurz. »Vielleicht bin ich nicht anders, sondern einfach so, wie ich wirklich bin.«

»Und was bist du wirklich? Ein aufmüpfiges Kind?«

»Nur weil ich mir nicht den ganzen Abend zweideutige Sprüche von schmierigen Typen anhören will? Sekretärin! Wir waren Partner, erinnerst du dich noch?«

»Charlotte, bitte. Solche Leute gibt es immer. Man muss das an sich abprallen lassen. Du hattest doch damit früher keine Probleme.«

»Tja, nun aber schon.« Ich stand auf, und Josh folgte meiner Bewegung. »Es fühlt sich falsch an. Wieso stehst du da und lässt diesen Typ so blöde Kommentare machen? Wieso sagst du nicht, er solle sich mal benehmen oder verziehen, ganz egal? Warum lässt du zu, dass er über mich lacht, als wäre ich eine x-beliebige Bettgefährtin?«

Josh hatte mit erstauntem Gesichtsausdruck zugehört.

»Charlotte, Kleines. Das ist nun mal das Business. Denkst du, ich mag das? Denkst du, irgendjemand mag das?« Er zog mich an sich, und ich ließ ihn gewähren. »Aber Brad ist nun mal der größte Fisch im Becken. Er kann unendlich viel für dich tun. Und er ist ein sexistischer Arsch. Aber das weiß jeder, und deshalb hört keiner hin.«

»Ihr lasst ihn reden, nur weil er euch dafür hilft? Ihr hört einfach weg? Mein Gott, Josh, das ist jämmerlich.«

»Ich weiß.« Josh seufzte. »Und ich bin nicht stolz darauf. Ich verspreche dir, das nächste Mal werde ich was sagen.«

»Ach Josh ...« Ich wollte nicht schon wieder einfach einknicken. Diese Sache war mir zu wichtig, um sofort wieder unter den Teppich gekehrt zu werden. Unsere ganze Beziehung war zu wichtig, um plötzlich in diese Bahn zu geraten.

»Charlotte, komm, lass uns nicht deswegen streiten. Wir beide, du und ich. Das zählt. Dass ich dich liebe und ganz verrückt nach dir bin. Sogar, wenn du zickig bist.« Seine Stimme klang wie Seide, und ich merkte, wie meine Wut verrauchte. Vielleicht hatte er recht. Vielleicht war ich einfach zu dünnhäutig nach der Zeit mit Tante Millie.

»Josh, langsam.« Ich versuchte, ihn zu bremsen. Wieder einmal hatte er es geschafft, und ich hatte nachgegeben und war mit ihm im Bett gelandet.

»Ja, Charlotte. Das ist gut.«

Er hörte nicht zu. Josh war in seinem Kaninchen-Modus, und nichts, was ich sagte oder tat, konnte ihn bremsen.

»Josh, ich bin noch nicht so weit ...«

Josh begann zu stöhnen und mit den Augen zu rollen. »Das ist gut. Oh Gott, ist das gut.« Er steigerte seinen Rhythmus, und ich gab es auf, ihn bremsen zu wollen. Aber ich ersparte mir die Mühe, so zu tun, als fände auch ich das hier ganz toll.

Ich heulte nicht. Ich schloss mich auch nicht ins Badezimmer ein oder aß becherweise Eiscreme. Seltsamerweise fühlte ich mich plötzlich völlig frei. Meine Entscheidung war gefallen. Josh und ich, das würde nicht länger funktionieren. Nicht so, wie es war. Nicht, wenn ich nicht endlich den Mund aufmachte und sagte, was ich wollte.

Es war nicht nur der Sex, aber auch. All die Jahre hatte ich gedacht, es wäre großartig. Wir schliefen viel miteinander, und das, dachte ich, zeigte doch, dass wir es wollten, dass wir verrückt nach dem anderen waren, dass es echte Liebe sein musste. Wieso hatte ich all die Jahre nicht gemerkt, dass Quantität nichts mit Qualität zu tun hatte? Dass der bloße Akt nicht alles war, dass es um mehr ging. Dieses eine Mal, als wir in diesem Hotel in den Cotswolds waren, hatte er mir die Regie überlassen, und es war großartig gewesen. Am nächsten Morgen jedoch hatte er sofort wieder seine Gangart eingelegt und bis heute beibehalten. Plötzlich erkannte ich, wie dumm ich gewesen war all die Jahre, als ich brav zum richtigen Zeitpunkt gestöhnt hatte und so tat, als fände ich es toll, so wie es war.

Heute aber hatte ich versucht, ihm zu sagen, dass ich mit seinem Stil nicht ganz zurechtkam. Josh hatte äußerst verschnupft reagiert. Nicht von Anfang an. Als ich sagte, dass ich gerne mal was anderes ausprobieren würde, hatten seine Augen einen Moment gefunkelt. »Und an was denkst du, Hummelchen? Spielzeug? Kostüme? Bitte keine Peitschen, ich glaube nicht, dass es mir Spaß machen würde, dich zu schlagen ...«

Ich hatte ihn eilig ausgebremst. »Nein. Oh Gott, Josh, nein. Ich dachte nur, wenn du vielleicht mal mir das Tempo überlässt ... Ich meine, es ist toll und alles, nur manchmal geht es mir ein wenig zu schnell, und ich bräuchte vielleicht einfach etwas mehr Zeit, oder eine, hm, Nachbetreuung oder so?«

Ich fand es überraschend schwierig, mit ihm darüber zu reden. Ich meine, seit sechs Jahren waren wir zusammen, da sollte man doch über alles reden können.

Josh tat sich ebenfalls schwer damit. Ich fürchte, er nahm es ziemlich persönlich, dass ich plötzlich an seiner Performance herummäkelte. Es wäre doch prima, jeder käme auf seine Kosten, und es habe mir doch bisher auch immer gereicht. Wieso jetzt plötzlich nicht mehr?

Nun, was sollte ich sagen? Dass ich all die Jahre Theater gespielt hatte, nur um ihm zu gefallen? Also hatte ich das Thema fallen lassen, obwohl ich wusste, dass ich es nicht tun sollte. Aber ich drehte mich um und ging.

Ich hatte die Wachsjacke und meine Stiefel aus dem Schrank geholt und war losgestapft. Es war, als hätte jemand begonnen, mein Leben zu häuten. Wie bei einer Zwiebel wurde Schicht um Schicht abgezogen, und mit jeder neuen Haut, die fiel, wurden die Dämpfe schlimmer und zwangen mich, meine Augen zu schließen. Aber genau das wollte ich nicht. Ich wollte hinsehen, ausprobieren, ob ich es aushielt, denn irgendwo darunter konnte schließlich etwas sein, für das es sich lohnte, dies alles zu ertragen. Doch wie sehr ich starrte, es kam nichts außer noch mehr reizender Dämpfe.

Nein. Ich schüttelte den Kopf. Da war mehr. Irgendwo unter all diesen pergamentenen, dünnen Häuten steckte doch diese Knolle, die dem Leben die richtige Würze verlieh. Man musste sich nur eben erst die Mühe machen, zu ihr vorzustoßen.

An der Ecke blieb ich kurz stehen. Eine Handvoll Menschen hatte sich versammelt, alle mit albernen Weihnachtsmann-Mützen auf dem Kopf. Ich sah die Notenblätter in ihren Händen und schluckte. Dann fingen sie auch schon an zu singen. Sie waren gut, glockenhelle Stimmen, die ein Weihnachtslied intonierten. Plötzlich erfasste mich eine ungeahnte Sehnsucht nach Primrose Cottage und all den Menschen, die dort waren. Sogar nach Tante Millie sehnte ich mich, und das war kein gutes Zeichen.

»Charlotte, Liebling, was ist denn los mit dir?« Laureen war am Telefon. Ich hatte sie nicht allzu oft gesprochen in letzter Zeit, und ich hatte sie weit weniger vermisst als, nun ja, andere Menschen.

»Josh macht sich Sorgen. Du bist rebellisch, sagt er.«

»Ich bin nicht rebellisch, ich habe nur einmal gesagt, was ich denke.«

»Liebchen, aber wieso denn?«

Ja, wieso denn? Himmel, Laureen war auch eine dieser Frauen, die es immer richtig machen wollten, fuhr es mir durch den Kopf. Sie war mit einem Arzt verheiratet und stets bemüht, die perfekte Frau zu sein. Wieso war mir das nicht früher aufgefallen? Nun, weil ich genauso gewesen war, nur ohne Ehering. Aber ich hatte mich vielleicht deshalb an sie geklammert, weil sie das Spiegelbild meines Lebens war, weil ich mir dann einreden konnte, so wäre es normal. Weil ich dann gar nicht darüber nachdenken musste, wie es anders wäre.

»Kindchen, bist du noch dran?«

»Ja. Und ich bin kein Kindchen und kein Liebchen. Ich bin eine erwachsene Frau.«

»Oh.«

Ich hatte sie verletzt. Das tat mir leid, aber vielleicht hatte Josh recht. Ich war auf Krawall gebürstet, eine ganz neue Erfahrung, die mir ungeahnte Energien zuführte. Ich holte tief Luft. »Ich kann jetzt nicht mit dir reden. Ich muss das alles erst mit Josh klären.«

Das verstand sie sofort. Loyalität war eine der Stützpfeiler ihrer Beziehung. Loyalität und bedingungslose Selbstaufgabe.

Josh war vorsichtig, als ich wieder nach Hause kam.

»Wenn du reden willst ...« Er deutete aufs Sofa. Ich nickte und nahm im Sessel Platz. Sicherer war das. Wenn er mir zu nahe kam, war ich trotz allem noch in Gefahr, schwach zu werden.

Josh hörte mir zum ersten Mal zu, als ich davon sprach, was ich wollte – und was nicht. Er machte ein betretenes Gesicht und erklärte immer wieder, doch nur zu meinem Besten zu handeln. Natürlich könnte ich auch ein grünes Kleid tragen, und natürlich war ich mehr als seine Sekretärin. Aber etwas in seinen Augen sagte mir, dass er immer noch nicht verstand. Es war, als wollte er ein aufmüpfiges Kind beruhigen, indem er alles Mögliche versprach, nur um Ruhe zu haben. Immerhin ließ er die vermaledeite Samtschachtel verschwinden, die letztendlich das ganze Dilemma ausgelöst hatte.

26

Ich wusste nicht, was ich erwartet hatte. Ein ganz neues Leben? Ein ganz neuer Josh? Ich war unruhig und gereizt. Ich konnte nicht nachdenken, ich wusste nicht mehr, was ich eigentlich wollte. Ich brauchte Zeit, um mir darüber klar zu werden, was ich von meiner Zukunft erwartete.

Josh verstand es nicht, nickte aber tapfer. »Wenn du das wirklich willst, dann geh. Denk darüber nach. Denk an all die schönen Dinge, die wir haben. Denk daran, wie sehr ich dich liebe.«

»Wirst du das auch tun? Darüber nachdenken?«

»Das werde ich. Obwohl es für mich nicht viel zum Nachdenken gibt. Ich bin glücklich mit dir, und ich dachte, du bist es auch.«

»Aber du wirst nachdenken? Über das, was ich gesagt habe?«

Er nickte folgsam, doch ich sah in seinen Augen, dass er nicht wirklich verstand, um was es mir ging.

Also packte ich erneut meine Taschen, um für ein paar Tage Ruhe in der Wohnung meiner Eltern zu suchen.

Leider fand ich sie nicht, die Ruhe, meine ich. Eine Rastlosigkeit hatte mich gepackt, die nicht nur mit

Josh zusammenhing. Ich hatte plötzlich das Gefühl, etwas wäre ganz und gar nicht in Ordnung. Ich versuchte, Tante Millicent anzurufen; niemand ging ans Telefon. Es war Sonntag, und Grace war nicht da, aber Ruth sollte doch ans Telefon gehen, wenn meine Tante verhindert war. Schließlich, nach fünf vergeblichen Versuchen hielt ich es nicht länger aus und wählte Daves Nummer.

»Charlotte, Mensch, schön von dir zu hören.«

»Dave. Ich hoffe, ich störe nicht?«

»Kein Problem. Liz ist da, wir trinken Tee und besprechen, was wir zu Clodettes Geburtstag organisieren könnten.«

»Schön.« Ich schluckte. Wie gerne wäre ich jetzt ebenfalls dort, in seiner Küche, mit einer Tasse Tee in der Hand und Daves tröstlicher Anwesenheit. Ich hatte ihn vermisst, auch wenn ich es nicht zugeben wollte.

»Dave, hast du meine Tante in letzter Zeit zufällig mal gesehen?«

»Nein, warum?« Sofort hatte seine Stimme einen alarmierten Ton. »Ist etwas?«

»Ich weiß nicht. Ich denke nicht. Ich kann sie nur nicht erreichen, das ist alles.«

»Hm.« Ich konnte hören, wie er über meine Worte nachdachte. »Wenn du willst, schau ich mal schnell vorbei. Liz und ich sind soweit fertig.«

»Ich wollte dich nicht stören.« Ich hatte ein schlechtes Gewissen. Liz war da, was gut war, und nun kam ich und unterbrach das Ganze.

»Kein Problem. Liz versteht das.« Er versprach, später zurückzurufen und sich gleich auf den Weg zu machen. Dann tutete es in der Leitung. Jetzt hatte ich erst recht ein schlechtes Gefühl.

Als eine knappe halbe Stunde später das Telefon klingelte, wurde mein ungutes Gefühl bestätigt.

»Charlotte, ich bin jetzt bei Millie. Ich fürchte, ihr geht es nicht besonders.«

Ich atmete tief ein. »Was ist los?«

»Sie liegt im Bett. Sie hat eine Grippe, vermute ich mal, und sie ist sehr schwach. Aber das ist nicht alles.«

»Spuck es schon aus.«

»Ruth ist weg.«

Einen Moment war es still.

»Was heißt weg? Beim Arzt? In der Apotheke?«

»Nein. Offensichtlich hat Millie sich nicht allzu gut damit arrangiert, gänzlich ungefragt eine Krankenschwester zu bekommen. Sie hat Ruth Freitagabend weggeschickt.«

»Und wieso hat mir das keiner gesagt?«

»Weil deine Tante der Meinung war, das ginge niemanden etwas an. Allerdings hat Ruth wohl Josh verständigt.«

Der allerdings nicht der Meinung gewesen war, dass ich das wissen sollte. Der Zorn kroch mir erneut die Kehle hoch.

»Also, sie kann nicht alleine bleiben. Liz hat angeboten hierzubleiben, zumindest bis morgen früh. Sie kennt sich damit aus, sie ist Krankenschwester. Und dann müssen wir sehen. Morgen wird Grace zumindest tagsüber da sein. Und für alles weitere finden wir eine Lösung.«

Ich brauchte nicht lange nachzudenken. »Ich packe nur schnell ein paar Sachen, dann fahre ich los. Ich bin bis zum Abend da.«

Sie sah schlechter aus, als ich erwartet hatte. Blass und still lag sie da, und ihre Augen zuckten kurz, als ich den Raum betrat.

»Tante Millie, was machst du denn für Sachen?«

»Was machst du denn hier? Wo ist der Traumprinz? Hat er dich so schnell wieder gehen lassen, oder sucht er noch die nächste Schwester für mich aus?« Ihre Stimme war schwach, aber die Worte scharf wie immer. Nur keine Blöße geben.

»Weißt du was? Tatsächlich frage ich mich auch gerade, was ich hier tue. Ich bin extra gekommen, weil es dir nicht gut geht. Ein kleines Dankeschön wäre also nicht zu viel. Und bloß damit du es weißt, ich werde erst mal bleiben, und wenn du noch so unfreundlich bist. Mich schickst du nicht einfach weg. Denn wenn ich es auch selbst nicht verstehe, ich habe mir wirklich Sorgen um dich gemacht.«

Einen Moment schien der alte Kampfgeist in ihren Augen aufzulodern, dann erlosch das Feuer, und sie nickte schwach. »Danke, Charlotte.«

»Sie kommt wieder auf die Beine. Zumindest, was die Grippe angeht.« Liz hatte einen Arzt angerufen, und der stand nun mit uns im Flur. Er gab mir Anweisungen, was ich tun sollte, welche Medikamente sie benötigte, und auf was ich achten sollte. »In einer Woche hat sie das ausgestanden. Dann sehen wir weiter.«

Liz verabschiedete sich und verließ mit Dr. Johnson das Haus. Dave schloss die Tür hinter ihnen und lächelte plötzlich. »Na dann: schön, dich wiederzusehen, Charlotte.« Ich musste ebenfalls grinsen. Ja, das war es wirklich, und seltsamerweise hatte ich das Gefühl, nach Hause gekommen zu sein.

Die nächsten Tage waren ziemlich ruhig. Ich war fast nur zu Hause, außer für die kurzen Zeiten mit Butler. Der Hund hatte mich freudig begrüßt, und ich redete mir ein, dass er nicht nur die langen Spaziergänge mit mir vermisst hatte. Er saß abends neben meinem Sessel, und hin und wieder ließ ich meine Hand nach unten gleiten und streichelte sein weiches Fell. Meine Tante lag nebenan im Bett und schlief die meiste Zeit, aber ich wollte da sein, wenn sie aufwachte. Ich hatte mir auf dem großen, weichen Sofa ein Behelfsbett eingerichtet, damit ich auch nachts in ihrer Nähe war. Sie hatte es mit einem stummen Nicken quittiert, als sie es sah.

Dave kam abends regelmäßig vorbei, und wie ganz zu Beginn saßen wir dann alleine zusammen und redeten. Ab und zu kam Liz dazu, um nach meiner Tante zu sehen, wie sie sagte. Dann setzte sie sich zu uns ans Feuer und blieb, bis sie mit Dave heimgehen konnte. Ich sah ihnen nachdenklich hinterher. Ob meine Bemühungen nun doch noch Früchte trugen? Ich würde es ihm wünschen.

»Willst du mir nicht endlich erzählen, was los ist?« Dave saß neben mir und sah mich aufmerksam an. Ich war in Gedanken gewesen, wie so oft in letzter Zeit. Immer wieder tauchten Szenen auf: Josh, wie er mich lachend herumwirbelte, als ich diese Zipline-Sache gemacht hatte. Josh, wie er mich ansah, als ich mir einmal die Haare zu kurz hatte schneiden lassen. Josh, wie er mir mich bat, zu ihm zu ziehen, weil er keine Sekunde ohne mich sein wollte. Josh, wie er den Kopf schüttelte, als ich dieses wunderschöne grasgrüne Kleid kaufen wollte.

»Was meinst du?« Ich versuchte zu lächeln, ein jämmerliches Unterfangen.

»Charlotte, wir sind doch Freunde. Vor nicht mal zwei Wochen hat dein Traummann dich abgeholt, und nun bist du wieder hier, und du hast seinen Namen noch nicht einmal erwähnt, im Gegensatz zu früher.«

Im Gegensatz zu früher wusste ich im Moment einfach nicht mehr, ob er noch mein Traummann war. »Es ist schwierig.«

»Hast du dich erneut aus Versehen getrennt?« Er lächelte dünn, und ich schüttelte den Kopf.

»Nein. Aber es ist plötzlich alles anders gewesen. Ich weiß nicht mehr, was ich will, Dave. Ich wollte unbedingt, dass er mir verzeiht, und nun weiß ich nicht, ob nicht ich ihm verzeihen muss. Und ob ich das will.« Meine Stimme war immer leiser geworden. Zum ersten Mal hatte ich diesen Gedanken zugelassen. Er, nicht ich, hatte Mist gebaut. Er hatte den Bogen überspannt. Er war es, der verletzt hatte.

»Erzähl es mir.«

Und plötzlich dachte ich, dass es vielleicht nicht schaden könne, mich jemandem anzuvertrauen. Jemanden, der mich nicht auslachen würde. Der nicht sagen würde, ich würde übertreiben, wie es Laureen sicher täte.

»Es ist eine lange Geschichte«, warnte ich ihn. »Sie beginnt genau genommen schon vor sechs Jahren.«

»Ich habe Zeit.« Dave lehnte sich zurück und streckte behaglich die Beine aus. »Fang einfach an und lass nichts aus.«

27

Ich begann am Anfang. Ich schilderte ihm, wie wir uns kennengelernt hatten, wie sehr er mich beeindruckt hatte, wie wir zusammenkamen und mit Feuereifer seine Firma aufbauten. Ich beschrieb ihm den gut aussehenden, dynamischen und zielstrebigen Mann, in den ich mich augenblicklich verliebt hatte, und wie glücklich ich gewesen war, dass er mich gewählt hatte. Ich erzählte davon, wie wir gemeinsam die ganzen Abenteuerevents getestet hatten und wie sehr ich mich teilweise hatte überwinden müssen. Es hörte sich gut an, selbst in meinen Ohren.

»Ich habe alles getan, damit es gut läuft. Ich habe meine Ängste überwunden und bin an einem Stahlseil über eine Schlucht gerast. Ich habe ihn zu jedem wichtigen Treffen begleitet.«

»Und was hat er für dich getan?«

Ich sah in die Flammen. »Er hat mich geliebt.«

»Das ist alles?«

Ich sah Dave an. »Ist das nicht genug?«

»Nein.« Er lächelte kurz, kaum merklich. »Er hätte dich auf Händen tragen sollen. Er hätte mit dir ins Kino gehen sollen oder shoppen. Sachen, die du magst.«

»Er war mit mir beim Shoppen.« Und er hatte mir ausgesucht, was ich kaufen sollte. »Und für Kino war einfach keine Zeit.«

»Zeit hat man nicht, man nimmt sie sich.« Dave beugte sich vor und sah mich an. »Und was war dann? Warum hast du Schluss gemacht?«

»Ich habe nicht ... ach, was soll's. Also, sechs Jahre sind wir zusammen. Sechs Jahre, in denen ich alles für ihn getan habe. Und in letzter Zeit, nun ja ... Ich wollte endlich ankommen, richtig, verstehst du? Ich dachte immer öfter daran, wie schön es wäre, ein Kind mit ihm zu haben. Zu heiraten. Ich habe Andeutungen gemacht, aber irgendwie war er taub auf diesem Ohr. Also habe ich es weiter versucht.«

»Und wieso hast du es nicht einfach gesagt?«

Ich zuckte die Achseln. »Es sollte seine Idee sein. Ich kann ihn doch nicht fragen, ob er mich heiraten will.«

Dave hob die Augenbraue, schwieg aber.

»Und dann, kurz bevor ich hierherkam, ist es passiert. Wir hatten endlich mal wieder einen Abend für uns. Gemütlich auf dem Sofa, etwas kuscheln, du weißt schon. Und dann steht er auf und zieht eine Schachtel aus der Hosentasche. Eine kleine Schachtel mit einem blauen Samtbezug. Ich dachte, ich werde verrückt. Genau diese Schachteln gibt es in einem der besten Juweliere der Stadt. Also, er zieht diese Schachtel aus der Tasche und sieht mich an. Ich halte die Luft an und muss mich richtig zusammennehmen, um nicht einfach ›Ja‹ zu brüllen. Er sieht mich an, lächelt und sagt: ›Liebste Charlotte, da gibt es etwas, das ich dich schon lange fragen will. Ich wusste nur nicht so recht, wie, aber nun mache ich es einfach. Ich liebe dich, das weißt du, und deshalb habe ich dir das besorgt.‹ Und dann klappt er den Deckel der Schachtel auf.« Ich holte tief Luft und sah Dave in die Augen. »Und weißt du, was darin war? Ein Schlüssel! Ein verdammter Schlüssel. Und kein Autoschlüssel oder Hausschlüssel. Ein kleinerer. Und Josh sieht mich an und sagt: ›Hummelchen, ich habe dich angemeldet. Das ist dein persönlicher Spind im WomensGym. Du hast einen Personal Trainer, jeden Montag-, Mittwoch- und Freitagabend. Du wirst sehen, wie schnell du damit diese lästigen Pfunde auf deiner Hüfte los wirst.‹«

Dave runzelte die Stirn. »Du willst abnehmen?«

»Nein.« Ich schrie jetzt fast und warf schnell einen Blick zu Tante Millie, die nebenan schlief. »Nein. Er will das. Weil ich nie gut genug bin, verstehst du? Ich meine, ja, okay, ein paar Kilo weniger ...«

»Das ist doch Quatsch.« Dave sah nun nicht mehr milde oder gütig aus. »Warum lässt du dir einreden, dass du abnehmen musst? Du bist wunderschön. Willst du etwa aussehen wie eine dieser Frauen in den Medien? Überall Knochen und Ärmchen wie ein Kind?«

»Nun ja.« Ich wusste, dass er recht hatte. Ich hatte eine gute Figur. Ich war immer zufrieden gewesen, bis Josh kam, und ich plötzlich dachte, noch dünner sein zu müssen.

»Hast du ihm seinen Personal Trainer um die Ohren gehauen?«

»So was in der Art. Ich war schockiert. Verletzt. Ich dachte, da wäre ein Ring in der Schachtel. Jede Frau hätte das gedacht. Ich habe ihn gefragt, was das solle, und er sagte, das tue mir bestimmt gut. Und ich sagte, ich bräuchte das nicht, und er so: ›Nun ja, vielleicht schadet es nicht, etwas für deinen Körper zu tun, schließlich ist dein Bindegewebe ja leider nicht gerade das beste‹, und ich: ›Nun, wenn es dir nicht passt, dann schau halt weg‹. Er meinte, das sei doch albern, und man müsse sich doch die Wahrheit sagen können, und die Wahrheit sei nun mal, dass ich zu Pölsterchen und Dellen neige. Und dann habe ich gesagt: ›Wenn das so ist und wenn dich das so stört, dann kann ich ja gehen‹. Und er sieht mich einen Moment an, dann sagt er: ›Ja, wenn wir sogar bei solchen Dingen nicht einig sind, dann wäre das vielleicht nicht dumm‹, und ich so: ›Gut, dann verschwinde ich und nehme meine Dellen und Pölsterchen mit‹, und er: ›Gut, mach das‹. Also bin ich aufgestanden und aus dem Zimmer gegangen, langsam genug, dass er mich zurückhalten kann, aber er hat es nicht getan. Und das war es.« Ich holte tief Luft, weil ich so schnell gesprochen hatte.

»Und er ist dir nicht nachgegangen, um dich aufzuhalten? Er ist nicht gekommen, um zu sagen, dass das alles doch Blödsinn und zweitrangig wäre?«

Ich schüttelte den Kopf. »Nein. Nun, ich habe ziemlich schnell die Stadt verlassen ...«

Dave war fassungslos. »Und dann kommt er hier an und du gehst zu ihm zurück. Einfach so.« Er machte eine kleine Pause. »Ich dachte die ganze Zeit, dass es etwas wirklich Existenzielles war, euer Streit meine ich.«

»Aber das ist was Existenzielles.« Ich wollte, dass er verstand, wie wichtig das war.

»Nein, das ist oberflächlicher Mist. Dass er ständig auf deinem Äußeren herumhackt. Dass er es wegen so etwas darauf ankommen lässt ...«

Ich zuckte die Achseln, auch wenn ich ihm insgeheim recht geben musste. Es war blöd, und es war gemein von Josh, ständig an mir herumzumäkeln.

»Und diesmal? Wieder ein Fitnesstrainer?«

Ich dachte nach. »Nein. Obwohl die verdammte Schachtel ständig neben meinem Bett stand wie ein Mahnmal. Nein, es ist einfach alles anders. Ich habe angefangen, ihn mit anderen Augen zu sehen. Ich habe es satt, mich immer nach ihm zu richten, seinen Wünschen zu entsprechen, aber nichts dafür zu bekommen. Man kann doch nicht nur nehmen und nie geben, oder?«

Dave nickte langsam.

»Ich ... ich frage mich, ob Josh und ich wirklich zusammenpassen. Oder ob wir das nur so lange tun, wie ich mich anpasse. Ob ich das wirklich für den Rest meines Lebens tun will.«

»Und wie geht es jetzt weiter?«

Ich seufzte. »Wir haben beschlossen, darüber nachzudenken. Jeder für sich und ganz in Ruhe.«

»Liebst du ihn noch?«

Ich dachte einen Moment nach. »Ich weiß es nicht.«

28

Tante Millies Genesung ging in kleinen Schritten voran. Liz war öfters mal vorbeigekommen, um nach ihr zu sehen, und der Arzt war ebenfalls noch einmal da gewesen. Alle sagten, dass sie die Grippe bald überstanden habe. Aber die Grippe war auch nicht mein Hauptproblem. Ihre Beweglichkeit, schon vorher nicht gut, war noch stärker eingeschränkt. Sie hatte Kraft eingebüßt, und sie wirkte plötzlich richtig alt.

Ich hatte mit Edward darüber gesprochen, und wir waren einer Meinung, dass sie nicht mehr alleine leben konnte. Und dass sie sich das selbst eingestehen musste. Er hatte versprochen, an Weihnachten zu kommen und mit ihr zu reden.

Meine erneute Anwesenheit hier hatte er fraglos hingenommen, wofür ich dankbar war. Ich wollte mir erst selbst klar werden, was ich tun würde, ehe ich mit ihm oder meiner Mutter darüber sprach. Tante Millie war nicht die Einzige hier, die sich etwas eingestehen musste und sehen, welcher Weg nun der richtige wäre.

Wenn es einen Ort gab, an dem man sich klar werden konnte, wohin der Weg ging, dann Primrose

Cottage. Zumindest für mich. Die Ruhe hier war himmlisch nach den langen Tagen im Büro, die allzu oft mit einem »wichtigen Abendtermin« endeten. Grace wischte und scheuerte sich summend durch das Haus, stets an der Arbeit, aber nie gehetzt. Sie hatte Zeit für einen kleinen Schwatz zwischendurch, dann machte sie weiter. Was nicht fertig wurde, ging sie am nächsten Tag an. Sie stand ganze Nachmittage lang in der Küche und buk Plätzchen und Kuchen und begann mit den Vorbereitungen für das Weihnachtsfest. Die Tannengirlande am Kamin leuchtete nach wie vor in sattem Grün, und die Kerzen am Adventskranz waren fast heruntergebrannt, weil sie jeden Mittag zur Teezeit und oft auch abends angezündet wurden. Und als es meiner Tante langsam etwas besser ging, nahm ich die Chorproben wieder auf.

Die Chormitglieder begrüßten mich herzlich und freuten sich wirklich, mich zu sehen. Clodette verstieg sich sogar zu der Behauptung, meine Stimme hätte gefehlt. Ich winkte verlegen ab, auch wenn ich mich insgeheim riesig über ihr Lob freute. Das war wieder so eine Sache, die mir richtig Spaß machte, die ich aber wegen Josh aufgegeben hatte. Ich schmetterte voller Inbrunst die Lieder mit und freute mich wie ein Kind auf Weihnachten, wenn wir endlich unseren Auftritt haben würden.

»Man erzählt sich, ein reicher Schnösel ist hier aufgetaucht und hat dich nach Bristol entführt.« Harry feixte mich an. Wir saßen im Pub auf ein schnelles Bier, oder in meinem Fall ein Weißwein, denn ich wollte nicht allzu lange wegbleiben.

»Glaub nicht alles, was man dir sagt. Das war ein Freund.« Ich bemerkte Daves überraschten Blick und fuhr schnell fort: »Es war ja eigentlich klar, dass ich nur vorübergehend hier sein würde. Aber wie es scheint, kann meine Tante nicht alleine bleiben, also bin ich wieder da.«

Harry nickte wissend. »Sie hat die Pflegerin gefeuert.«

Ich seufzte. »Ja, das hat sie. Ich hatte also keine Wahl.«

»Ich find's gut.« Harry trank den letzten Rest Bier. »Auch noch ein Glas?«

Ich lehnte höflich ab und erhob mich. »Nicht für mich. Ich muss mal nach dem Rechten sehen. Bis übermorgen.«

Dave hatte sich ebenfalls erhoben und verabschiedete sich, ohne auf den Protest zu hören. »Nein, mir reicht's. Schönen Abend allerseits.«

»Ein Freund, was?«

Wir gingen vorsichtig die Hauptstraße entlang. Schon seit ein paar Tagen war das Wetter ungemütlich, und ich war jeden Tag dankbar für meine Wachsjacke. Schnee wollte nicht fallen, doch der feine Nieselregen war kalt und gefror abends auf den Straßen.

»Was sollte ich sagen? Ich möchte diese Geschichte nicht in aller Öffentlichkeit breittreten. Nicht, solange ich nicht weiß, wie sie ausgeht.«

»Du bist dir also immer noch nicht sicher, was du willst?«

»Nein. Ich meine, es waren auch gute Jahre. Es ist Josh, weißt du. Mein Josh. Und Menschen können sich ändern.«

»Charlotte, wenn du einen Menschen erst ändern musst, damit er der Richtige ist, dann ist er der Falsche.«

»Wie kannst du so sicher sein?«

Er seufzte. »Weil ich es probiert habe. Mit Eve und mir, das war doch ähnlich. Wir haben nicht mehr zusammengepasst. Wir hatten unterschiedliche Ziele. Wenn wir wirklich füreinander bestimmt gewesen wären, dann hätten wir eine Lösung gefunden. Doch so wie es stand, war es besser, den anderen ziehen zu lassen. Eve und ich, wir werden immer ein besonderes Band haben, aber wir halten nicht zwanghaft an etwas fest, das keine Perspektive hat.«

»Du kannst doch nicht beurteilen, ob wir eine Perspektive haben.« Ich wusste nicht, weshalb ich mich so aufregte. Alles, was er sagte, stimmte. Indem er es allerdings sagte, gab er mir das Gefühl, dumm und naiv gewesen zu sein.

»Charlotte, ich beurteile gar nichts. Ich sage nur, was ich denke.«

»Und du denkst, ich wäre dumm, an Josh festzuhalten?«

»Nein.« Wir waren ein paar Meter von Primrose Cottage entfernt im Schatten der Häuser stehen geblieben. »Ich sage, er war blöd, es so weit kommen zu lassen. Er war es, der nicht schätzte, was er hatte. Er hat es verbockt, nicht du.«

»Auch das kannst du nicht wissen.«

»Doch, das kann ich wissen.« Er trat einen Schritt auf mich zu, und sofort stieg mir wieder sein Geruch in die Nase. »Du bist eine tolle Frau. Du bist charmant und nett, witzig und mitfühlend, du kannst toll singen und deine Hüften sind ganz genau richtig. Nun ja, um ehrlich zu sein, ich mag es eigentlich, wenn sie etwas runder sind, aber das ist etwas, womit ich umgehen könnte.« Er war noch einen Schritt näher gekommen und hatte seine Hände auf meine Seiten gelegt, wie um zu überprüfen, ob sie ihm zu knochig waren. »Deine Haare riechen gut.« Seine Nase war an meinem Scheitel. »Und nicht nur deine Haare. Auch dein Hals riecht gut.« Ich spürte seinen Atem genau da, wo der Haaransatz war. »Du kannst tagelang hinter dem einen, perfekten Kleid herrennen, obwohl du selbst in einer alten Jeans umwerfend aussiehst.«

»Und ich habe es immer noch nicht gefunden.« Herrje, was tat ich da? Ich sollte ihn stoppen, am Reden hindern, aber plötzlich wollte ich, dass er immer weitersprach. Ich wollte es hören, einmal, dass ich gut und richtig war, so wie ich nun mal war.

»Und ich bin mir sicher, dass du auch deine Brüste für zu klein hältst.« Seine Hände hatten irgendwie einen Weg unter die Jacke gefunden, und meine Beine wurden schwach. »Ich kann dir versichern, das sind sie nicht. Und dein Mund ist, denke ich, ebenfalls ganz in Ordnung.« Sein eigener Mund war ständig näher gekommen, und nun fand er meinen. Er küsste mich, aber nicht wie beim letzten Mal. Dieses Mal war sein Kuss fordernd, und seine Hände unter meiner Jacke verdeutlichten, dass er mich heute nicht als Freund küsste, der Trost spenden wollte.

Ich habe einen Freund, dachte ich. Ich bin immer noch mit Josh zusammen. Doch dann verpuffte der Gedanke. So etwas wie hier hatte ich noch nie erlebt. Mein Körper reagierte mit einer Intensität auf seine Hände, seinen Mund, dass kein Platz mehr war für die Frage, ob es richtig oder falsch war, was wir hier taten. Es war doch eine Art Trost, eine, die ich noch nie ausprobiert hatte. Aber eine, die sehr wirkungsvoll zu sein schien.

»Charlotte, schick mich heute nicht weg.«

Ich schüttelte den Kopf. Das hatte ich gewiss nicht vor.

Meine Gefühle waren in Aufruhr. Was hatte ich getan! Dave lag neben mir, selbst im Schlaf lächelte er. Ich allerdings konnte nicht lächeln. Das war definitiv ein gewaltiger Fehler gewesen.

In einer einzigen Nacht hatte er alles zerstört, was ich mit Josh zu haben glaubte. Daves Hände hatten aus mir eine zitternde, gierige Frau gemacht, die es nicht abwarten konnte, aus den Kleidern zu kommen. Er hatte jeden Zentimeter meiner Haut zum Brennen gebracht, so lange, bis ich dachte, ich könne es nicht mehr aushalten. Und dann ließ er mich weiter warten. Er nahm sich Zeit, jeden Zoll kennenzulernen, er reizte mich, um mich dann wieder mit sanften Küssen um den Verstand zu bringen. Er berührte mich auf eine Art und Weise, die mich alles andere vergessen ließ, so lange, bis ich ihn anbettelte, mich endlich zu erlösen. Und dann erst kam er meinen Wünschen nach, und ich versank in einem Strudel aus Lust. Ich ließ mich fallen, fürchtete nicht mehr, zu spät zu sein, hörte nicht hin, ob er schon so weit war und ich anfangen sollte, so zu tun, als wäre ich es auch. Ich ließ mich fallen und spürte zum ersten Mal eine gewaltige Befriedung und einen ungeahnten Rausch, als mein Körper zu zucken und zittern begann.

Und nun lag er da, und ich wusste plötzlich, dass diese Nacht folgenreicher war, als ich gedacht hatte. Zum ersten Mal sah ich ganz klar, auf was ich die ganzen Jahre verzichtet hatte. Ein Mal, ein einziges Mal war es mit Josh annähernd so gewesen. Aber nun, da ich wieder wusste, wie es sein konnte, würde ich mich nicht mehr mit dem anderen zufriedengeben können. Ich rückte näher an Dave, und seine Hand fand zielsicher meine Brust, selbst im Schlaf.

29

»Scheiße!« Ein Blick auf die Uhr reichte, um mich mit einem Satz aus dem Bett zu bringen. »Tante Millie ist sicher schon wach und wartet.«

»Charlotte, was ist denn los?« Dave öffnete die Augen, und ein Lächeln überzog sein Gesicht. Ich raffte die Decke zusammen und presste sie vor meinen Körper, was ihn veranlasste, die Augenbrauen zu heben.

»Du musst hier raus. Wenn sie das mitbekommt. Bitte, Dave ...«

Das Lächeln verschwand. »Keine Sorge, sie wird es nicht mitbekommen.« Er schlug die Decke zurück, und ich wandte mich um. Mein Freund, mein bester Freund, sollte nicht derart ungeniert nackt vor mir stehen. Ich auch nicht vor ihm. Ich musste erst nachdenken, was ich da getan hatte und wie ich jetzt damit umgehen sollte. Ich hatte Dave nie als etwas anderes gesehen als das, was er war. Und nun präsentierte er mir hier einen Körper, der mich schon wieder in Wallungen versetzte.

»Beeil dich bitte.« Ich musste ihn hier rausbekommen. Ich musste verhindern, dass ich ihn wieder anbettelte, diese Sachen zu tun, die er so gut draufhatte.

»Keine Sorge.« Seine Stimme war klar und emotionslos.

»Dave.«

Er hob den Kopf.

»Das hier.« Ich machte eine Handbewegung, die das Bett und ihn umschloss.

»Keine Sorge, Charlotte. Es war eine tolle Nacht. Nicht mehr und nicht weniger.«

Ich atmete auf, obwohl die Worte schmerzten. Aber er hatte recht. »Ja. Gut.«

Er drehte sich um, und ich schlüpfte eilig in meine Kleider. Im Moment war es nur wichtig, ihn aus dem Haus zu bekommen. Nachdenken würde ich später.

»Wie geht es dir heute Morgen?« Ich betrat das Schlafzimmer meiner Tante und bemühte mich um eine fröhliche Stimme.

»Besser. Obwohl ich nicht gut geschlafen habe.«

»Oh, das tut mir leid. Ich habe die Nacht oben verbracht, ich dachte, weil du mich nicht mehr gebraucht hast die Nächte davor ...«

»Ich habe dich auch heute Nacht nicht gebraucht. Allerdings bin ich ein paar Mal aufgewacht. Ich dachte, Geräusche zu hören, aber ich habe mich wohl geirrt, oder?«

Ihre Augen blitzten wie früher. Ich atmete tief ein. »Ja, du musst dich geirrt haben.«

Tante Millie suchte sich ausgerechnet den heutigen Tag aus, um wieder mit dem Vorlesen zu beginnen. Und so saß ich da und las von Lizzy und Mr Darcy, von ihrer Liebe, die sie sich nicht eingestehen wollte, und von seinem Verlangen nach ihr, das er nicht zugeben wollte. Nun ja, nicht so genau, aber meine Gefühle machten aus den beiden zwei Sehnsüchtige, die sich nicht gestanden, was Sache war.

Ich hoffte halb, auf meinem Spaziergang mit Butler Dave zu treffen, und war doch froh, dass er nicht auftauchte. Ich hätte ihm am liebsten angerufen und gesagt, dass er heute Abend wieder kommen solle, und fürchtete gleichzeitig, dass er plötzlich vor der Tür stand. Ich wollte ihn sehen und mich versichern, dass er immer noch nur Dave war, ein Freund, mit dem ich zufällig den besten Sex meines Lebens gehabt hatte, der mir aber ansonsten egal war. Ich wollte mich versichern, dass ich zum ersten Mal in meinem Leben Liebe und Sex getrennt hatte und nicht Hals über Kopf in ein Chaos stürzen würde.

Nun, er kam nicht. Ich sah ihn erst am nächsten Abend wieder, sicher im Kreise von Clodettes Weihnachtssängern.

»Nur noch zwei Tage.« Sie wedelte mit dem Taktstock. »Das ist unsere letzte Probe, also gebt alles.«

Ich war ein Feigling. Die ganze Probe hatte ich

verstohlen zu Dave hinübergeschielt. Äußerlich war er wie immer. Nur viel attraktiver. Männlicher, irgendwie.

Dann, als Harry kam und sagte, wir müssten in die »Ente«, schob ich Tante Millie vor. Etwas hatte sich geändert an meiner Freundschaft mit Dave, und ich wusste nicht, wie ich reagieren sollte. Ich hatte keine Erfahrung mit einer solchen Situation; ich sprang für gewöhnlich nicht einfach so mit Männern ins Bett. Und in den letzten Jahren sowieso nicht. Aber es war nicht nur die Tatsache, dass wir miteinander geschlafen hatten. Es war mein Körper, der mir zusetzte, der mir ständig einflüsterte, es doch noch einmal zu tun. Ich hatte absolut keine frommen oder weihnachtlichen Gefühle gehabt heute Abend. Mein Körper war aufgewacht und verlangte nach mehr, und mein Kopf wusste nicht, wie er damit umgehen sollte. Mein Kopf wusste nicht, ob er nicht schon ganz und gar überzeugt war.

Ich sah ihnen nach, wie sie in Richtung Pub davoneilten, hörte ihr Lachen. Ich sah, wie Liz sich bei Dave und George unterhakte, und mein Herz schnürte sich zusammen. Er hatte mir heute nicht angeboten, mich nach Hause zu begleiten, und ich hatte nicht gefragt.

Dafür stürzte ich mich nun mit Feuereifer in die

letzten Weihnachtsvorbereitungen. Morgen würden Edward und meine Mutter kommen, und bis dahin wollte ich mit allem fertig sein. Grace hätte es natürlich alleine geschafft, aber sie ließ mich helfen, und ich wollte beschäftigt sein.

»Was ist nur heute mit dir los?« Tante Millie sah mich missbilligend an. Ich hatte das Buch in den Händen, und zum ersten Mal las ich, ohne auf die Worte zu hören. »Du bist nicht bei der Sache.«

»Es tut mir leid. Mir geht so vieles durch den Kopf.« Ich versuchte zu lächeln. »Ob alles bereit ist, ob das Essen reicht ...«

»Das Essen reicht, und das Haus war noch nie so üppig geschmückt.« Sie machte eine kurze Pause. »Du denkst darüber nach, ob er kommt.«

»Woher ... nun ja.« Ich hob verlegen die Achseln. Ich war hierhergekommen, um mir über Josh und mich klar zu werden, und nun konnte ich nicht darüber nachdenken, weil sich immer wieder Dave in meine Gedanken schob. Dave und seine Küsse. Dave und seine Art, mir zu zeigen, wie sehr er mich mochte und schätzte.

»Wenn du meine Meinung hören willst, ich hoffe, er kommt nicht.«

Ich sah sie an, überrascht und verletzt. »Und warum?«

»Weil er nicht gut ist für dich.«

Die Röte kroch mir die Wangen hoch. »Das kannst du nicht wissen.«

»Natürlich kann ich das.«

»Nein!« Ich stand auf und ging zum Kamin, weil ich unmöglich länger still sitzen konnte. »Du hast keine Ahnung. Er ist großartig. Er ist liebevoll und nett und freundlich, und er tut mir gut.«

»Nein! Sieh dich doch mal an. Du bist wie ein rastloses Kind.«

Was war hier los? Tante Millie liebte Dave, das war eine Tatsache. Warum dachte sie, ich wäre nicht gut genug für ihn?

»Das hat nichts mit ihm zu tun. Das ist, weil du mich immerzu ...« Ich biss mir auf die Lippen und holte tief Luft.

»Ja? Weil ich was?«

Langsam drehte ich mich zu ihr um. Der ganze Unmut, die Angespanntheit, brach aus mir heraus. »Weil du immerzu nur an mir herumkritisierst. Weil dir nichts gut genug ist. Du hattest dir schon dein Bild gemacht, ehe du mich kanntest. Von Anfang an war ich nicht recht. Du hältst mich für eine oberflächliche Modepuppe, aber das bin ich nicht. Du hast mir keine Chance gegeben zu zeigen, wie ich wirklich bin. Du kommandierst die Leute herum und kritisierst sie, ohne sie wirklich zu kennen. Aber du fragst nicht. Du hast nie gefragt, was ich mag oder gerne tun würde. Du hast nie gefragt, wie es mir geht. Und du hast nie gefragt, warum ich hiergeblieben bin, trotz allem.«

Einen Moment standen wir uns schweigend gegenüber. Dann tat sie etwas komplett Verrücktes. Sie applaudierte, ganz langsam. Klatsch, klatsch, klatsch.

»Das musste endlich raus, was?«

Ich nickte stumm.

»Und das ist gut so. Du lässt dich viel zu sehr von den Meinungen anderer beeinflussen. Du willst so sehr gefallen, dass es wehtut. Aber du musst lernen, deine Meinung zu sagen.«

»Und das war deine Lektion?«

»Nicht von Anfang an. Am Anfang dachte ich wirklich, was will dieses Püppchen hier bei uns? Du hast mich herausgefordert mit deiner Art, alles zu schlucken. Aber im Laufe der Zeit dachte ich, dass vielleicht doch etwas mehr in dir steckt. Bis dein feiner Freund kam und dich holte.«

»Das tut mir leid. Ich weiß, die Sache mit Ruth ...«

»Darum geht es nicht.« Sie sah mich nachdenklich an. »Was ist passiert?«

Ich war drauf und dran, sie mit einer weiteren, nichtssagenden Antwort abzuspeisen. Was ging es sie an? Was interessierte es sie überhaupt? Doch dann dachte ich, dass dies vielleicht ein Anfang sein könnte. Eine Chance, für sie und für mich.

»Ich habe angefangen, mein Leben zu sehen. So richtig, meine ich. Und nun weiß ich nicht mehr, was ich will. Doch, ich weiß es eigentlich. Ich will einfach nur glücklich sein, richtig glücklich. Ist das zu viel verlangt?«

Tante Millie sah nachdenklich vor sich hin. »Glücklich ...«

»Warst du jemals richtig glücklich?« Ich wusste, dass dies eine sehr persönliche Frage war.

»Ja. Eine kurze Zeit war ich die glücklichste Frau der Welt.«

»Was ist passiert?«

»Nun, er hat eine andere gefunden, eine, die ihn noch glücklicher machte. Wir hatten ein paar wunderbare Monate. Wir wollten heiraten, eine Familie gründen, alles. Niemand wusste es, es war unser Geheimnis. Er kam aus einer guten Familie, und ich war ein einfaches Mädchen. Dann, kurz bevor wir es sagen wollten, hat er sich für eine andere entschieden. Eine mit mehr Geld und mehr Einfluss. Mehr geliebt hat er sie nicht, doch sie konnte ihm helfen, der zu werden, der er sein wollte.«

»Aber war er deshalb mit ihr glücklicher, als er es mit dir geworden wäre?«

»Die Ehe war wohl nicht schlecht. Nur ich habe keinen mehr gefunden, der ihn ersetzen konnte.«

»Und doch hast du schließlich noch geheiratet.«

Edward hatte es erzählt. Tante Millie hatte einen reichen Mann geheiratet, recht spät für damalige Verhältnisse. Ein Mann, der deutlich älter war als sie und der nach wenigen Jahren gestorben war.

»Ja. Ich habe geheiratet. Aber nicht aus Liebe. Ich habe mich verkauft, an einen Mann, der Geld hatte. Der mich geliebt hat, aber das nützt dir nichts, wenn der Mann, der abends zu dir heimkommt, dir absolut egal ist. Ich habe ihn genommen, weil er aus mir eine einflussreiche Frau gemacht hat. Und ich habe meinen Preis dafür gezahlt, jede Nacht.« Sie funkelte mich an.

Und plötzlich wusste ich es. »Und dafür verachtest du dich. Du büßt dafür, bis heute. Du bist der Meinung, alle anderen machen es ebenso. Freundlichkeit für Geld.«

»Das dachte ich. Aber jetzt bin ich mir nicht mehr so sicher.« Zum ersten Mal lag in den harten Augen meiner Tante ein Ausdruck der Unsicherheit. Dann beugte sie sich vor, und ihre Hand schloss sich mit einem überraschend festen Druck um meine. »Mach du nicht denselben Fehler. Verkauf dich nicht an jemanden, der dir nicht alles bedeutet.«

30

Es war nicht so, dass Tante Millie nun plötzlich milde und freundlich war, nur weil wir miteinander gesprochen hatten. Aber sie bemühte sich. Manchmal wenigstens.

»Also, müssen wir damit rechnen, dass er an Weihnachten hier aufkreuzt?«

»Wer?« Ich machte mich weiter am Weihnachtsbaum zu schaffen. Dave hatte sich immer noch nicht gemeldet, und ich hatte ihn nicht angerufen.

»Wer?«, äffte sie mich nach.

»Das kann ich mir nicht vorstellen.« Nein, Dave würde sicher nicht kommen. Was war passiert? Hatte ich ihn tatsächlich so falsch eingeschätzt? Ging es die ganze Zeit einzig darum, mich ins Bett zu bekommen? Er wirkte nicht wie ein Mann, der nur darauf aus war, eine neue Kerbe in seinen Bettpfosten zu schnitzen. Und dennoch ging er mir aus dem Weg. Bei keinem meiner Spaziergänge war er zu sehen gewesen.

»Das hoffe ich doch sehr. Er passt nicht zu dir.«

Das hatte sie schon einmal behauptet, und schon einmal hatte mich das aufgeregt. Wieso sollte Dave eigentlich nicht zu mir passen?

»Das ist meine Sache.«

»Natürlich. Oben rechts fehlen Kerzen.«

Ich trat einen Schritt zurück und begutachtete mein Werk. Tante Millie hatte einen gigantischen Weihnachtsbaum aufstellen lassen, und wir waren dabei, ihn zu schmücken. Ich war dabei, meine Tante kommandierte. Ich hatte die Schachteln mit ihrem wunderbaren, altmodischen Baumschmuck vom Speicher geholt, und jedes einzelne Stück versetzte mich in Begeisterung. So sollten Weihnachtsbäume aussehen, funkelnd und glitzernd und bunt. Und nicht so modern und kühl wie unserer. Unserer. Den gab es dieses Jahr nicht. Ich konnte mir nicht vorstellen, dass Josh einen Baum schmückte. Das war Frauenarbeit. Er bestimmte nur, welche Farbe der Baum hatte. Also, die Kugeln, nicht der Baum. Er hielt es für spießig, jedes Jahr denselben Schmuck zu verwenden. Stattdessen kauften wir immer neue, und natürlich stets die »Farbe des Jahres«. Letztes Jahr war es Türkis gewesen.

»Ja, genau da.«

Wieder trat ich einen Schritt zurück. »Ich denke, das war es. Er sieht großartig aus, findest du nicht?«

»Ja.« Sie lächelte tatsächlich. »Das sieht er.«

Wenn Tante Millie mit ihren ewigen Anspielungen bezwecken wollte, dass ich Dave vergaß, dann erreichte sie genau das Gegenteil. Ich dachte immerzu an ihn, und ich dachte darüber nach, warum er nicht zu mir passen sollte. Ich fand keinen einzigen Grund. Schließlich hielt ich es nicht länger aus.

»Ich geh noch mal mit Butler.«

»Du warst doch schon zweimal draußen.«

»Trotzdem.« Ich schnappte mir die Leine und lockte das Tier vom Kamin weg. »Ich brauche einfach ein wenig Bewegung.«

Wir drehten eine kurze Runde, aber wie schon in den letzten Tagen war nichts zu sehen von ihm. Vielleicht war er krank? Ich könnte ja einfach mal bei ihm klopfen. Und wenn er dann wieder so unbeteiligt war? Egal, wir waren Freunde, und ich brauchte ihn. Ich würde über meinen Schatten springen und es probieren.

Butler nahm mir die Entscheidung ab. Ich war auf dem Rückweg durchs Dorf gegangen, und nicht zufällig führte der Weg an seinem Haus vorbei. Butler schoss los, und ehe ich ihn zurückrufen konnte, stand er bellend vor Daves Tür.

»Hallo, alter Junge. Was machst du denn hier?« Er hob den Kopf und sah sich suchend um. »Charlotte. Ist irgendwas passiert?«

Ich schüttelte den Kopf und versuchte ein schwaches Lächeln. »Er ist mir entwischt. Mal wieder.«

Daves Lächeln war mindestens ebenso schmal. »Charlotte, ich ... Ich würde dich rein bitten, allerdings, ich weiß gerade nicht, ob das eine gute Idee ist.«

Ich schluckte.

»Es ist so ... Du ... Ich mag dich, ich mag dich sehr, aber irgendwie ... Es fühlt sich nicht richtig an, verstehst du? Wir können nicht so tun als ob. Ich kann das nicht.« Er brach ab, und offensichtlich überlegte er, wie er weitersprechen sollte. Eine Stimme aus dem Haus gab mir den Rest. »Dave?« Ich wusste, wer das war. Liz.

»Das ist in Ordnung. Danke, Dave. Ich geh dann mal.« Ich hatte Butlers Halsband gepackt und befestigte seine Leine. »Komm schon, du dummer Hund.«

»Charlotte! Wenn du mir einfach ...« Ich hörte den Rest nicht mehr. Ich rannte geradezu mit Butler die Hauptstraße entlang. Also doch. Noch nie war ich so unglücklich gewesen, weil einer meiner Pläne funktioniert hatte. Das war es, was ich gewollt hatte, dass Liz und Dave zusammenkamen. Ich rannte schneller, aber ich konnte nicht vor der Erkenntnis fliehen, dass Dave schon lange mehr war als nur ein Freund.

»Na dann, los geht's.« Tante Millie saß warm verpackt in ihrem Rollstuhl und sah zu Edward auf. Sie hatte beschlossen, heute Abend unserem Konzert zu lauschen. Wie sehr hatte ich mich darauf gefreut, und wie wenig weihnachtlich war meine Stimmung jetzt.

Die ganze Zeit hatte ich mir ausgemalt, wie es sein würde. Josh wäre hier und würde mir strahlend zuhören, und Dave und Liz ein glückliches Paar. Ende gut, alles gut.

Nun, mit Dave und Liz schien es zu klappen, aber Josh war nicht hier, und ich war froh darüber. Wie dumm und falsch waren meine Wünsche gewesen. Nun wusste ich es besser. Leider zu spät.

Das Konzert war großartig, und wir sangen drei Zugaben. Clodette hatte uns allen blinkende rote Mützen aufgezwungen, der Weihnachtsbaum auf dem Dorfplatz strahlte in hellem Licht, und fast das ganze Dorf war da, um zuzuhören. Tante Millie applaudierte in ihrem Rollstuhl, was Clodette ganz besonders freute, und um sie herum standen Phyllis und Broderick, Iris und Phil und die anderen, die jetzt alle auf Edward und meine Mutter einsprachen, sie umarmten, ihnen auf die Schultern klopften und lachten.

Als wir uns endlich oft genug verbeugt hatten, löste der Chor sich auf, und ich ging schnell zu ihnen hinüber. Nur nicht stehen bleiben und sehnsüchtig darauf warten, angesprochen zu werden.

»Charlotte.« Dave kam schnell hinter mir her, eine große Tüte in der Hand. Er sah seltsam aus, distanziert und dennoch vertraut. »Ich habe da noch etwas für dich. Ich denke, du wirst es brauchen können.« Er hielt mir die Tüte hin, und einen Moment schien er zu zögern. »Frohe Weihnachten, Charlotte.« Er beugte sich vor und küsste flüchtig meine Wange.

»Dave. Das ... das wünsche ich dir auch. Mein Geschenk ...« Es hätte genug gegeben, was ich ihm gerne gesagt hätte, wäre ich etwas mutiger. So aber huschten meine Augen verlegen zwischen seinen und dem Boden hin und her. »Wenn du ...«

»Ich denke, die nächsten Tage werden ziemlich turbulent. Alles Gute für dich. Melde dich, wenn du wieder in Bristol bist und mal Zeit hast.« Er zögerte ganz kurz, dann drehte er sich um und ging hinüber zu Liz, Harry und George, die mit Lucy und Sean zusammenstanden und sicher überlegten, ob noch eine Stunde Zeit wäre, um »auf ein Bier« zu gehen. Liz sah herüber und dann schnell wieder weg, aber Lucy löste sich von der Gruppe und kam zu mir.

»Frohe Weihnachten.«

»Das wünsche ich dir auch. Euch.« Ich deutete auf ihren Bauch und grinste schief.

»Dann stimmt es also? Du verlässt uns nach Weihnachten endgültig?«

»Nein. Ich denke, ich werde noch eine Weile bleiben.« Ich sah zu Tante Millie. »Ich kann nicht einfach gehen.«

»Ach?« Sie sah ebenfalls zu der Gruppe. »Und

was ist mit Josh? Ist er damit einverstanden?«

»Ehrlich gesagt weiß ich das gerade nicht, und es ist mir auch egal. Er hat sich nicht gemeldet, also gehe ich davon aus, dass es ihm passt. Und wenn nicht«, ich holte tief Luft, »wenn nicht, dann tue ich es trotzdem.«

»So?« Lucy grinste plötzlich. »Also nicht alles Friede, Freude, Eierpunsch?«

»Wenn dein Freund Weihnachten getrennt von dir verbringt, sich nicht einmal gemeldet hat und dir macht es überhaupt nichts aus, was würdest du denken?«

»Ja, ich verstehe.« Lucy beugte sich vor und schloss mich in eine lange, feste Umarmung. »Frohe Weihnachten.«

Ich hatte die ganze, lange Mahlzeit über kaum ruhig sitzen können. Daves Paket stand im Flur, und ich wünschte mir nichts sehnlicher, als es endlich in Ruhe auspacken zu können. Doch erst nach dem Dessert hatte ich die Gelegenheit, mich für ein paar Minuten davonzustehlen.

Das Paket war liebevoll eingepackt, und ich starrte es eine Weile an, ehe ich langsam die Schleifen löste. Es war groß, größer als eine blöde Samtkiste, aber nicht wirklich schwer. Unter dem Papier kam eine weiße Schachtel zum Vorschein. Langsam hob ich den Deckel ab und sah hinein.

Wieso hatte ich das gewusst? Leuchtend roter Stoff, sorgsam gefaltet. Ich hob es an, und langsam faltete es sich auf. Das war es. Mein Kleid. Ich wusste es, im ersten Moment. Ich zog meine Hosen und die Bluse aus und schlüpfte hinein. Es passte, als wäre es für mich gemacht. Es schmiegte sich perfekt an meinen Körper und brachte meine Haut zum Leuchten. Es war ganz anders als alle Kleider, die ich anprobiert hatte. Ich hatte, bewusst oder unbewusst, nur die Kleider anprobiert, von denen ich annahm, dass sie Josh gefallen würden. Dieses Kleid hätte ich gar nicht angesehen. Es war zu rot, zu kurz, zu eng geschnitten an den Hüften. Und doch passte es perfekt. Es war das Kleid, das Dave für mich ausgesucht hatte, Dave, der nicht dachte, man müsse meine Hüften kaschieren und meine Beine verstecken.

»Charlotte, kannst du mal ganz schnell herunterkommen?« Die Stimme meiner Mutter drang durch das Haus, und die leichte Unruhe, die darin lag, versetzte mir einen Schrecken. War etwas mit Tante Millie?

Ich lief barfuß die Treppen hinunter und blieb in der Tür zum Wohnzimmer stehen. Josh stand mitten im Raum, direkt vor dem prächtigen Baum und strahlte mich an.

»Was machst du denn hier?«

»Es ist Weihnachten. Das muss ich doch mit meinem Mädchen feiern. Und wenn du nicht kommst ...« Er kam mit weit geöffneten Armen auf mich zu.

»Edward, ich denke, wir kümmern uns mal um den Kaffee. Tante Millie, könntest du mir vielleicht helfen?«

»Edward genügt. Er kennt sich aus.« Sie umklammerte ihren Stock und warf einen grimmigen Blick in die Runde.

»Nun, ich denke, Charlotte wäre jetzt vielleicht gerne einen Augenblick alleine.«

»Und ich denke, das hier ist mein Wohnzimmer.«

Edward zog meine Mutter sanft aus dem Raum und schloss die Tür. Ich konnte hören, wie sie auf ihn einsprach, und seine ruhige Erwiderung.

»Josh, das ist jetzt eine Überraschung.« Ich entzog mich seinen Armen und ging ein paar Schritte Richtung Kamin. Weg von ihm.

»Aber wieso denn? Hast du wirklich befürchtet, ich komme nicht?«

»Nun ...« Hatte ich es befürchtet oder gehofft? Wohl eher Letzteres.

»Ich weiß, es war nicht ganz einfach in der letzten Zeit. Trotzdem, du und ich, wir gehören doch zusammen. Ich jedenfalls musste nicht lange darüber nachdenken, aber ich dachte, ich sollte dir vielleicht etwas Zeit lassen. Was hast du da eigentlich an?«

Ich sah kurz an mir hinab. »Ein Kleid?«

»Ja. Nun ja. Also, zurück zu uns. Du warst unglücklich, und das will ich nicht. Ich habe eingesehen, dass ich etwas mehr auf deine Wünsche hören sollte. Dieses Kleid ist ziemlich eng, oder?«

Ich nickte.

»Also bin ich heute gekommen, um deinen größten Wunsch zu erfüllen.« Er grinste siegessicher. »Und um dich mit heimzunehmen. Dieses Mal für immer.«

Für immer. Plötzlich klang es wie eine Drohung. Ich sah den Mann an, der so selbstbewusst vor mir stand, und plötzlich wusste ich, dass ich schon lange meine Entscheidung gefällt hatte.

»Josh ...«

»Sag jetzt nichts. Ich weiß, wie du dich fühlst. Aber ich denke, ich komme damit klar. Und ich habe dir längst alles verziehen, was du gesagt hast.«

»Verziehen?« Irgendwie schien er es einfach nicht zu begreifen. »Du sollst mir nicht verzeihen, du sollst darüber nachdenken.«

»Das habe ich gemacht. Und ich bin zu dem Schluss gekommen, dass es keine Frau gibt, mit der ich mein Leben lieber teilen möchte. Wenn ich schon brüllenden, sabbernden Nachwuchs produzieren muss, dann nur mit dir.« Er lächelte, als hätte er mir eben eine Liebeserklärung gemacht.

Im Flur entstand erneut Tumult. Wahrscheinlich versuchte Mutter, Edward zu überzeugen, dass er Tante Millie notfalls mit sanfter Gewalt aus dem Zimmer entfernen sollte.

»Und deshalb …« Josh knöpfte sein Jackett auf und zog an seinem Hosenbein. »Tu es nicht«, wollte ich rufen, aber es war zu spät. Josh ließ sich auf ein Knie sinken und fischte eine Schachtel aus der Jackentasche.

»Deshalb, Hummelchen, will ich dich fragen, ob du meine Frau werden willst.«

Die Tür flog auf, und Edward kam herein, gefolgt von meiner Mutter und – Dave. Alle drei blieben stehen und sahen auf die Szene, die wir ihnen boten.

Ich wusste, wie es aussah. Schließlich hatte ich genau das gesehen in meinem Traum. Oder fast genau das. Denn während Josh strahlend den Deckel aufschnappen ließ und mir einen Ring präsentierte, wünschte ich mir plötzlich, es wäre ein Schlüssel. Dass er gar nicht da wäre. Und dass Dave nicht in der Tür stehen würde, mit bleichem Gesicht und versteinertem Mund.

Josh sprang auf die Beine und strahlte noch immer. »Wir werden heiraten.«

Dave war zu schnell. Ehe ich was sagen konnte, nickte er knapp und dreht sich um. Meine Mutter kam mit einem seltsamen Lächeln auf mich zu und sagte laut: »Herzlichen Glückwunsch!«, nahm mich in die Arme und flüsterte mir ins Ohr, dass ich das hoffentlich gut überlegt hätte.

Edward rief laut »Champagner. Wir brauchen Champagner« und drehte sich im Kreis, als wartete er, dass die Flaschen angeflogen kamen. Einzig Tante Millie saß stumm da und starrte mit ihren schlauen Augen zur Tür.

Josh hatte seinen Arm um mich gelegt und zwickte mich in die Hüfte. »Ich wusste ja gar nicht, dass du auf diesen Look stehst. Es hat was Billiges, aber für zu Hause könnte ich mich daran gewöhnen.« Sein Mund war dicht an meinem Ohr, und ich roch sein Parfum. Beides stieß mich plötzlich ab, und ich rückte von ihm ab.

»Erstens liebe ich dieses Kleid. Es hat überhaupt nichts Billiges. Es sieht sexy aus, und ich fühle mich gut darin.«

Joshs Lächeln verblasste etwas, weil ich so laut und bestimmt gesprochen hatte.

»Zweitens werden wir nicht heiraten. Du hast nicht einmal meine Antwort abgewartet.«

»Hummelchen, aber das ist doch das, was du wolltest.« Jetzt runzelte er seine schöne Stirn. »Ich meine, darum ging es dir doch immer.«

»Und drittens«, ich holte tief Luft, »ich bin kein

Hummelchen.«

Joshs Atmung wurde unregelmäßiger. Er hasste es, das wusste ich, vor anderen kritisiert zu werden. Und ganz besonders, wenn er dabei so viel zu verlieren hatte.

»Charlotte, ich bin verwirrt. Da fahre ich extra hier raus, lasse das Weihnachtsessen beim Verband der Selbstständigen sausen, und ich hatte eine Einladung am Vorstandstisch, nur mal nebenbei bemerkt, und du ...«

»Dann geh doch zu deinem Vorstandstisch.«

»Darum geht es nicht. Himmel, wieso verstehst du immer alles falsch? Ich habe die ganze Zeit daran gedacht, wie es sein wird, wenn ich dich bitte, meine Frau zu werden. Aber plötzlich scheinst du gar nicht mehr so versessen darauf zu sein. Oder willst du, dass ich noch etwas mehr büße? Noch etwas länger zapple? Warum, Charlotte? Ich kann ja verstehen, dass du den einen oder anderen Punkt gerne anders hättest, aber du musst auch mich verstehen. Ich wünsche mir wirklich etwas Verständnis von dir.«

»Josh, wir werden nicht heiraten.« Endlich war es heraus, und ich fühlte mich plötzlich befreit. »Und noch mehr Verständnis ist gar nicht möglich.«

Einen Moment war es still, bis auf Tante Millies Gebrabbel. Es klang ziemlich fröhlich, und ich vermeinte ein »Jawohl, Sir« zu vernehmen. Meine Mutter hatte Edwards Hand umklammert und schien die Luft anzuhalten.

»Du willst nicht?« Josh war ehrlich überrascht. »Du willst mich nicht heiraten?«

»Nein, das will ich nicht. Nicht mehr.« Mit einem Mal tat er mir fast ein wenig leid. »Und du willst es auch nicht. Du hast gesagt, dass du es für mich machst. Das ist der falsche Grund.«

»Aber ...« Er überlegte. »Das war dir nicht früher klar? Ehe ich in dieses Kaff gefahren bin?«

»Ich habe dich nicht gebeten zu kommen, und du hast mich nicht gefragt.«

»Und dafür lasse ich einen wichtigen Termin sausen. Dafür lässt du zu, dass ich mich hier vor allen zum Affen mache.« Er hatte es nicht laut gesagt, aber ich verstand es trotzdem. Nun ja, vielleicht tat er mir doch nicht leid.

»Wenn du dich beeilst, schaffst du es vielleicht noch bis zum Dessert.«

Josh sah mich einen Moment lang an. »In Ordnung. In Ordnung, ich habe verstanden. Aber noch einmal tue ich das nicht. Das ist deine Chance, die du da zerstörst.«

Tante Millies Gebrummel wurde lauter.

»Es tut mir leid, Josh, das musst du mir glauben. Ich war mir nicht sicher. Ich wollte dich ganz bestimmt nicht verletzen, oder dass du dich zum Affen machst. Aber ich muss auf mein Herz hören.« Ich ging einen kleinen Schritt auf ihn zu, und er drehte sich um. Die Schachtel wurde auf den Kaminsims geknallt, und dann floh er regelrecht aus dem Zimmer.

»Charlotte, ich bin so stolz auf dich.« Meine Mutter hatte Tränen in den Augen, als sie mich wieder an sich zog. »Edward, wir brauchen Champagner.«

Ich sah sie an, und sie lachte. »Ich hatte gehofft, dass du es bemerkst, ehe es zu spät ist. Das war nie der richtige Mann für dich.« Sie griff nach der Schachtel und spähte hinein. »Nein, ganz gewiss war er das nicht.«

Auch ich warf nun einen Blick auf den Ring, nur einen kurzen Moment. »Das ist doch nicht sein Ernst, oder?«

Meine Mutter nickte vielsagend. »Doch. Eine Kopie des Verlobungsringes, den Charles seinerseits Lady Di angesteckt hat. Und keine besonders teure, würde ich vermuten.«

»Und dabei weiß er, dass ich Blau hasse.« Ich klappte den Deckel zu. »Tante Millie, den spende ich für den nächsten Kirchenbasar.«

Sie lachte, dieses raue, unmelodische, eingerostete Lachen. »Das ist gut. Du hast Courage, Mädchen.

Aber jetzt solltest du dich beeilen und dem Richtigen hinterherrennen. Ich wette, er freut sich, dich zu sehen.«

31

Ehe meine Mutter fragen konnte, was sie damit meinte, nickte ich. Ja, sie hatte recht. Ich hatte mich von Josh gelöst, und ich würde nun mit Dave reden. Wenn er mich nicht wollte, dann würde ich das wenigstens wissen. Aber ich schuldete es mir, wenigstens einen Versuch zu unternehmen. Ich küsste Tante Millie auf die Wange und umarmte sie kurz. »Danke. Du bist die Beste.«

Ich hielt mich nicht mit solchen Nebensächlichkeiten wie fehlenden Strumpfhosen oder passenden Schuhen auf. Ich stieg barfuß in meine klobigen Stiefel, warf mir die Wachsjacke über und rannte los. Erst vor seinem Haus blieb ich stehen und atmete ein paar Mal tief durch. Vom Laufen fehlte mir die Luft, und ich wollte nicht abgehetzt und atemlos vor ihn treten. Drinnen brannte Licht, und ich nahm all meinen Mut zusammen und klopfte.

»Charlotte.« Dave stand die Überraschung ins Gesicht geschrieben, und plötzlich hatte ich Angst.

»Dave. Ich wollte ... ich wollte mich für das Kleid bedanken. Es ist einfach perfekt.«

Ein ganz leichtes Zucken um seine Mundwinkel. »Und deshalb kommst du her. Jetzt?«

»Ja. Nein. Da ist noch was ...«

»Dave?« Liz tauchte so unvermittelt hinter ihm auf, dass ich zurückzuckte. Na bravo.

»Ich kann auch ein anderes Mal kommen. Es ist nicht so wichtig.« Ich ging langsam rückwärts. Bloß weg.

»Charlotte?« Hinter Liz kam George zum Vorschein. »Himmel, schickes Kleid. Und die Schuhe! Trägt man das in Bristol?« Er lachte.

Ich raffte die Jacke zusammen. »Nun, ich gehe dann. Wie gesagt, ich wollte nicht stören.«

»Du störst nicht.« Dave öffnete die Tür und machte eine einladende Handbewegung.

»Jaha, wir wollten eh gerade gehen.« George rollte in komischer Verzweiflung die Augen. »Was, Süße? Wir haben Besseres zu tun, als hier herumzusitzen und zu trinken und uns sein Gejammer anzuhören.«

Liz lachte. »Da würde mir was einfallen. Dave, ich denke, wir können dich alleine lassen, was?« Sie küsste ihn auf die Wange, und dann, zu meiner grenzenlosen Überraschung, George auf den Mund.

»Mach's gut, Charlotte.« Die beiden marschierten grinsend an uns vorbei.

»Äh, Liz und George?« Ich sah den beiden nach. »Aber ich dachte ...«

»Tja, alle dachten das. Anscheinend hat sie schon

vor einer Weile ihr Herz für ihn entdeckt. Aber weil er nun mal im Ruf steht, lieber unabhängig zu sein, war sie verunsichert. Sie hat es mir erzählt, weil sie spürte, dass ich sie verstehen konnte. Und nebenbei dachten alle, sie wäre hinter mir her, statt hinter ihm. Das sollte ihn wohl nachdenklich stimmen. Ganz unauffällig, verstehst du?« Jetzt rollte auch er die Augen. »War aber nicht so erfolgreich, deshalb habe ich dem Ganzen einen kleinen Stups gegeben. Auf alle Fälle sind die beiden seit drei Tagen ein Paar.«

»Das ist ja der Hammer.« Und ich hatte gedacht, er und Liz hätten sich gefunden.

»Also, bist du hier, um über Liz und George zu reden?«

Ich schüttelte den Kopf. »Nein, deshalb bin ich nicht hier.«

»Na dann, schieß los.«

Wir saßen in Daves Wohnzimmer wie zwei Teenager, jeder auf seiner Seite des Sofas, die Hände im Schoß. Ich war verlegen, weil ich nicht wusste, wie ich beginnen sollte.

»Darf man gratulieren?« Dave nahm mir den Einstieg ins Gespräch ab. Seine Stimme klang höflich-distanziert.

»Nein.«

»Aber er hat dir doch einen Antrag gemacht,

oder? So wie du es wolltest: das rote Kleid, der Weihnachtsbaum, die Kerzen ...«

»Ja, er hat mir einen Antrag gemacht.« Ich sah auf und direkt in Daves vorsichtige Augen. »Ich habe Nein gesagt.«

»Du hast was?«

»Ich weiß es jetzt, Dave. Er ist nicht der Richtige für mich. Nicht mehr.«

»Okay.« Immer noch war da diese Vorsicht zu hören.

»Ich will keinen Mann, für den ich mich verbiegen muss. Ich will einen, der mich so liebt, wie ich bin. Der mir sagt, dass ich wunderschön bin und verrückt und anstrengend, und der mich trotzdem liebt.«

»Okay.«

»Ich will einen, der mir zuhört. Einen, der mit mir lacht, wenn ich fröhlich bin, der mich beschützt, wenn ich Angst habe, und der mich tröstet, wenn ich traurig bin.«

»Okay.«

»Ich will einen Mann, der mich so gut kennt, dass er das richtige Kleid für mich findet.«

»O ... Tja, also, das Kleid. Das ist ganz nett, was?«

»Nein. Es ist perfekt.« Ich saß noch immer in meiner Ecke, er in seiner, aber sein Gesicht war nicht mehr so unbeteiligt. Plötzlich musste ich grinsen. »Josh hat es nicht gemocht. Zu rot und zu eng um die

Hüften.«

»Das müsste ich überprüfen.« Nun hatte seine Stimme wieder den Klang, den sie neulich gehabt hatte, als er mich auf der Straße geküsst und mir meinen Verstand geraubt hatte.

»Nun …« Ich stand auf und zog den kurzen Rock nach unten.

Dave legte seine Hände auf meine Hüften. »Meiner Meinung nach sitzt es genau richtig.«

Ich konnte die Wärme seiner Haut durch den dünnen Stoff spüren. Nicht nur meine Beine waren eiskalt vom Lauf durch die Nacht, so ganz ohne Strümpfe, aber augenblicklich stand mein Körper in Flammen.

»Er denkt auch, es zeigt zu viel Bein.«

Folgsam wanderte seine Hand weiter nach unten und strich sanft über meinen Oberschenkel. »Zu viel davon geht gar nicht.« Der Saum rutschte ein Stück nach oben, und Dave stand auf. Seine Augen waren dunkel, und seine Stimme klang belegt. »Er hat nicht zufällig auch etwas über deine Brust gesagt.«

»Ich könnte mir denken, dass er den Ausschnitt für zu tief hält.« Das war glatt gelogen, denn der Ausschnitt war ziemlich zivil, aber Dave störte sich nicht daran. Seine Hände wanderten langsam nach oben, jeden Zentimeter genießend, bis sie endlich angekommen waren.

»Meiner Ansicht nach ist er nicht tief genug.«

Ich schloss die Augen und wartete, dass er mich endlich küssen würde.

»Meiner Ansicht nach ist er viel zu klein.« Er ließ seine Finger sanfte Bögen malen. »Aber es scheint, er engt doch sehr ein.«

»Ja.« Ich hatte Schwierigkeiten, Luft zu bekommen.

»Vielleicht hat Josh recht. Vielleicht ist das ganze Kleid zu eng. Vielleicht sollten wir dich da ganz schnell rausholen. Du scheinst Schwierigkeiten mit der Atmung zu haben.«

Die hatte ich, in der Tat. Ich spürte seine Hände auf meinem Rücken, wie er den Reißverschluss nach unten zog, langsam, Stück für Stück, bis ich dachte, sterben zu müssen oder ihn anzuschreien, sich doch etwas zu beeilen. Dann endlich war er auf, und langsam schob Dave den Stoff über meine Schultern, bis das Kleid sanft zu Boden glitt.

32

»Ich dachte, das war es dann.« Daves Finger ruhten auf meinem Oberschenkel, und er sah hinauf zur Decke. Wir lagen in seinem gemütlichen, warmen, großen Bett. Irgendwann heute Nacht hatten wir es geschafft, so lange die Finger voneinander zu lassen, dass wir bis ins Obergeschoss gekommen waren.

Ich hatte ihn gefragt, wieso er mich gestern Abend aufgesucht hatte, und wieso er die Tage zuvor so abweisend gewesen war.

»Du hast es doch gesagt, dort, auf der Straße. Dass du dir nicht sicher bist wegen Josh. Es klang nicht unbedingt danach, als wärst du mit ihm durch. Und trotzdem konnte ich dir nicht widerstehen. Eine einzige Nacht, dachte ich. Egal, wofür sie sich entscheidet, aber diese Nacht wird immer mir gehören.«

»Und danach warst du plötzlich so seltsam.« Ich ließ meine Finger über seine Brust gleiten. Wie anders sein Körper war. Breiter, muskulöser.

»Weil es eben doch nicht geht. Eine einzige Nacht, meine ich. Ich wollte mehr, aber am Morgen lief es plötzlich schief. Du warst hektisch, und du hattest nichts anderes im Kopf, als mich schnell loszuwerden.«

»Ich wollte dich nicht loswerden. Ich wollte nur

nicht, dass meine Tante etwas mitbekommt. Du kennst sie doch.«

»Aber du hast nichts gesagt. Du warst immer noch mit Josh zusammen.«

»Und du warst ... unverbindlich. Distanziert. Ich dachte, du hättest bekommen, was du wolltest, und damit wäre die Sache für dich vorbei.«

Er lachte kurz auf. »Nein. Ich war gefangen. Ich wusste, dass ich dich nie mehr vergessen könnte. Aber ich wollte auch nicht ein Übergangsmann sein oder ein Trostpflaster. Ich kann das nicht. Es fühlt sich nicht richtig an, mit einer Frau zu schlafen, die einem anderen gehört. Nicht für mich. Ich wollte dich, aber ich wollte auch, dass du dich für mich entscheidest.«

Da hatte er recht. Ich war zu feige gewesen, mit ihm zu reden. Ich war immer noch nicht sicher gewesen, ob ich Josh hinter mir hatte.

»Man wirft sechs Jahre nicht leichtfertig weg. Nicht mal, wenn es so steht wie bei uns.«

»Aber jetzt hast du es getan.« Daves Mund kam näher, und er küsste mich, sanft und zart und weich.

»Ja, jetzt habe ich es getan.«

»Obwohl er endlich mit der richtigen Schachtel aufgetaucht ist.«

»Weil er nichts verstanden hat. Er hat es getan, weil er dachte, er müsse es tun.«

Ich überlegte kurz, dann sah ich Dave an. »Nein, nicht deswegen. Weil ich ihn einfach nicht mehr liebe. Weil ich mich in dich verliebt habe, ganz langsam. So langsam, dass ich es selbst fast nicht bemerkt habe. Bis zu dem Moment, als ich dachte, ich hätte dich verloren.«

»Das wird nie passieren.«

»Aber wieso bist du heute Abend gekommen?«

Ich nahm unser Gespräch wieder auf, welches er so geschickt unterbrochen hatte. Meine Beine waren in seine verknotet, obwohl sie längst nicht mehr kalt waren. Aber ich konnte ihm nicht nahe genug sein. Seinen Händen, seinem Körper, seinem Mund. Und seinem Geruch. Dieser Mann, den ich so lange angesehen hatte, ohne ihn zu sehen. Mit dem ich so viel Zeit verbracht hatte, ohne ihn zu berühren und zu küssen. Es war, als müssten wir all diese Zeit schnellstmöglich nachholen.

»Es war Lucy. Sie hat mich zur Seite genommen und mir den Tipp gegeben, es noch einmal zu versuchen.«

»Noch einmal? Wusste sie denn ...?«

»Nicht von der Nacht. Aber sie wusste, dass ich dich liebe. Sie haben es wahrscheinlich alle gewusst. Lucy sagt, dass es ein Blinder mit Krückstock sehen könne. Und dass sie mit dir geredet habe und es nicht so klinge, als wäre der gute Josh noch im Rennen. Deshalb bin ich gekommen. Ich dachte, nun, es ist Weihnachten, und ich sollte es einfach probieren. Schlimmer dran sein als vorher konnte ich ja nicht.«

»Und dann bist du gerade im falschen Moment aufgetaucht.«

»Das kannst du laut sagen.« Er lachte auf. »Ich hätte Lucy am liebsten erwürgt. Das Bild, das du nicht müde wurdest zu beschwören. Er, du, der Weihnachtsbaum … und das perfekte Kleid.«

»Genau. Das Kleid. Wo hast du es gekauft?«

»In Edinburgh. Ich ging an einem Geschäft vorbei, und da war es. Im Fenster. Ich wusste sofort, dass es dein Kleid ist.«

»Und es passt genau.«

»Ich war dabei, als du hundert Kleider anprobiert hast. Ich kenne deine Größe. Obwohl ich mir mit den Hüften nicht ganz sicher bin. Lass mich vorsichtshalber noch einmal nachsehen.«

Am liebsten hätte ich für alle Zeiten einfach nur mit Dave hier in diesem Bett gelegen. Aber es war Weihnachten, und meine Familie wartete auf mich. Auf uns. Also rissen wir uns zusammen und machten uns auf den Weg nach Primrose Cottage.

»Das ist Dave.«

Meine Mutter lächelte tapfer und schüttelte seine

Hand. »Schön, Sie kennenzulernen. Frohe Weihnachten.«

Nun ja, ich konnte sie verstehen. Das war sonst nicht meine Art, und dieser fließende Männerwechsel war nicht ganz nach ihrem Geschmack. »Tante Millie hat gerade verkündet, dass wir nun mit dem Essen anfangen, wenn du nicht endlich kommst. Wie hast du es nur mit ihr ausgehalten? Sie ist angsteinflößend.«

»Nur am Anfang.« Ich lachte übermütig. »Man muss sie nur zu nehmen wissen.«

»Du hast die Mitternachtsmesse verpasst!« Tante Millie hatte einfach ein Händchen für den richtigen Gesprächsauftakt. Ich rannte zu ihr und küsste sie auf die Wange.

»Dir auch frohe Weihnachten, liebste Tante.«

Sie klopfte mit ihrem Stock auf den Boden, aber ein feines Lächeln konnte sie nicht unterdrücken. »Und ich fürchte, der Braten war zu lange im Rohr. Nun ja.« Sie erhob sich mühsam und ging langsam zum Tisch. »Ich nehme an, Dave wird mit uns essen?«

»Ja, das wird er.« Ich strahlte von einem Ohr zum anderen.

»Das ist eine gute Nachricht.« Sie hielt ihm ihre Wange hin. »Ich dachte schon, sie fällt noch einmal auf den aufgeblasenen Kerl rein.«

»Liebste Millie, ich sage doch schon die ganze Zeit, deine Nichte hat mehr Grips im Kopf, als du denkst.«

Ich hatte noch nie ein so unterhaltsames Weihnachtsessen erlebt wie dieses hier in Primrose Cottage. Meine Tante erzählte von der Messe und der Predigt, die in einigen Teilen nicht ihren Zuspruch gefunden hatte und sowieso viel zu kurz war. Edward und Dave hatten schnell einen Draht zueinander, und meine Mutter saß glücklich dazwischen und warf immer wieder einen ungläubigen Blick zu den beiden Männern. Und ich saß da, spürte Daves Finger, die sich immer wieder knapp unter dem Saum meines Kleides an meinen nackten Beinen zu schaffen machten, und war einfach nur glücklich.

»Er scheint sehr nett zu sein.« Meine Mutter hatte mich in die Küche beordert, um ihr beim Dessert zu helfen. Ich wusste, dass sie alleine mit mir reden wollte, und war grinsend hinter ihr aus dem Esszimmer gegangen.

»Er ist unfassbar nett. Er ist der wunderbarste Mann der Welt. Und er macht mich sehr glücklich.« Ich errötete leicht.

»Das freut mich. Aber geht das alles nicht etwas

schnell? Ich meine, du hast eben erst Josh verlassen.«

»Eigentlich habe ich Josh schon im Oktober verlassen. Ich habe es mir nur nicht eingestanden. Und ich kenne Dave nicht erst seit heute. Ehrlich gesagt habe ich das Gefühl, ihn schon ewig zu kennen.«

Meine Mutter nickte. Wahrscheinlich erinnerte sie sich zurück an den Anfang ihrer Beziehung mit Edward. Sie hatte ihn mir nach drei Tagen vorgestellt, und sie hatte gesagt, dass er der Mann fürs Leben wäre. »Wenn es so ist, dann freue ich mich für dich.«

33

»Wir müssen darüber reden, wie es weitergeht.« Edward hatte sich mit einem Glas Wein in der Hand und meiner Mutter neben sich auf dem Sofa bequem gemacht. Dave und ich saßen eng beieinander auf dem Boden vor dem Kamin, und Tante Millie saß wie immer in ihrem Sessel. Wir waren vor ein paar Minuten erst vom Boxing-Day-Essen bei Phyllis und Broderick zurückgekommen, und alle waren von der ausgiebigen Mahlzeit leicht schläfrig.

»Wir fahren morgen früh wieder ab, und wir sollten das vorher klären.«

Dave sah mich an. Wir hatten noch nicht darüber gesprochen, wie es weitergehen würde, und ich sah die Neugier in seinen Augen.

»Ich würde gerne noch eine Weile hierbleiben. Ich muss nicht zurück nach Bristol, und ich könnte mich noch etwas um Tante Millie kümmern. Wenn es dir recht ist.« Ich sah sie fragend an.

»Und was ist mit deinem Job?« Meine Mutter klang verunsichert.

»Nun, ich denke, das war meiner. Jetzt, da ich nicht mehr mit dem Chef schlafe, werden mir solche Eskapaden wie wochenlanger Urlaub bestimmt nicht mehr verziehen.«

Meine Mutter wirkte einen Moment pikiert, aber Tante Millie brach unvermittelt in ihr gruseliges Lachen aus. Ich winkte ab. »Entschuldige, Mom. Das war ein Insider-Witz, und wie ich fürchte, kein guter.«

»Nun ja.« Sie lächelte schief. »Du musst wohl damit rechnen, dich nach etwas anderem umzusehen.«

»Ja. Und ich könnte mir vorstellen, dass ich das hier in der Gegend mache.« Ich sah Dave an. »Ich würde also längerfristig planen.«

Er grinste. »Da wäre ich sehr dafür.«

»Aber fürs Erste«, ich musste mich zwingen, wieder Edward meine Aufmerksamkeit zu schenken und nicht weiter einfach nur Dave anzugrinsen, »fürs Erste würde ich mich um Tante Millie kümmern. Ich habe genug Geld auf der Seite, um eine Weile nicht arbeiten zu müssen.«

Edward beugte sich vor und legte mir einen Moment seine Hand auf die Schulter. Er war kein Mann für sentimentale Worte, und ich spürte, was diese Geste sagen sollte. Nur Tante Millie schwieg sich aus.

»Wenn du also einverstanden bist ...« Ich sah sie an und biss mir auf die Unterlippe. Wieso sagte sie nichts?

»Ich würde mich freuen, wenn du eine Weile bei mir bleibst. Von mir aus auch für länger. Obwohl, wenn ich sehe, wie der Kerl dich ansieht, dann fürchte ich, dass du die meiste Zeit anderweitig beschäftigt sein wirst.« Wieder bellte sie ihr Lachen. »Aber ich denke, du solltest baldmöglichst mit der Jobsuche beginnen.« Sie wurde ernst, und ihre Augen wandten sich dem Feuer zu. »Es ist nicht leicht, wenn man plötzlich alt wird und der eigene Körper einem im Stich lässt. Ich habe mein Leben lang alles unter Kontrolle gehabt, und plötzlich entgleitet mir eines nach dem anderen. Das ist ganz besonders dann nicht leicht, wenn man so ein Starrkopf ist wie ich.« Sie sah Edward an, der nickte. »Sei's drum. Es hat keinen Sinn, ewig die Augen davor zu verschließen, und wegrennen kann ich schon gar nicht mehr.« Sie klopfte mit dem Stock auf den Boden. »Also habe ich beschlossen, den Tatsachen ins Auge zu blicken. Ich habe Kontakt aufgenommen zu einer Agentur, und morgen schicken sie mir drei Bewerberinnen. Alle ausgebildete Krankenschwestern. Ich werde wohl eine davon einstellen.«

Edward nickte wieder. »Das ist eine gute Entscheidung.«

»Ja. Das war es sogar schon letztes Mal, auch wenn ich es nicht einsehen wollte. Aber es muss sein.« Jetzt lehnte sie sich zurück und schloss einen Moment die Augen. Als sie sie wieder öffnete, sah sie seltsam zufrieden aus. »Ich weiß, dass dies mein letztes Weihnachtsfest war. Dr. Johnson behauptet zwar steif und fest, dass ich hundert werden kann, aber das ist nur das übliche Geschwätz. Ich bin alt, und ich habe mein Leben hinter mir. Wenn ich gehen muss, dann gehe ich. Ich hatte ein langes Leben mit viel zu vielen Kämpfen. Allerdings habe ich nun noch etwas: das beste Weihnachtsfest meines Lebens.« Kurz strich sie über den schönen, weichen Ledereinband des Buches, das ich für sie gekauft hatte. Es war nur ein Buch, aber ihre Augen hatten geleuchtet, als sie es sah, und ich wusste, dass es genau das richtige Geschenk gewesen war. Auch meine anderen Geschenke waren begeistert aufgenommen worden, doch keiner hatte sich so gefreut wie meine Tante. Nun ja, keiner außer Dave. Ich hatte tatsächlich kein Geschenk für ihn gehabt, aber als ich es ihm endlich gestand, hatte er gelacht.

»Himmel, Charlotte, glaubst du, das macht etwas? Ich habe das beste Geschenk bekommen, das ich mir vorstellen kann. Ich habe dich. Ich denke, besser geht nicht.«

Dann streckte Tante Millie ihre Hand aus, und ich rutsche die paar Meter zu ihr und ergriff sie. »Dieses Jahr hatte ich eine Familie. Eine, die sich um mich sorgt und kümmert. Die mich aufregt und zur Verzweiflung treibt. Und eine, die genug Stoff zur Unterhaltung liefert.« Sie drohte Dave mit dem Finger, und er lachte. Dann wandte sie mir ihren Blick zu, und ich sah etwas in ihren Augen, das mich rührte und traurig und stolz machte. »Und ich hatte dich. Du bist gekommen und hast es mit der Drachenlady aufgenommen. Ich wollte immer eine Tochter, aber ich hatte nie das Glück, schwanger zu werden. Aber wenn, dann hätte sie wie du sein sollen.«

Ich hörte, wie meine Mutter erstickt schniefte, und beugte mich vor, um die runzelige Hand zu küssen und gegen meine Wange zu drücken.

»Denkst du, dass sie etwas weiß, was wir nicht wissen?« Ich lag in Daves Armen, aber meine Gedanken waren ausnahmsweise bei meiner Tante.

»Keine Ahnung. Sie baut schon eine Weile ab.«

Ich sah zu Dave. »Ich hätte nie gedacht, dass ich sie einmal so ins Herz schließen würde.«

»Oder sie dich.« Dave lachte leise. »Du hast die Drachentante gezähmt.«

»Und mich damit verwundbar gemacht. Ich will nicht, dass sie stirbt.«

»Irgendwann wird sie das tun. Aber nicht so schnell. Dr. Johnson ist keiner, der leere Phrasen drischt. Wenn er sagt, dass sie hundert wird, dann wird sie das.«

Ich wusste, dass niemand sagen konnte, was der nächste Tag bringen würde. Alles war möglich, und nichts. Trotzdem trösteten mich seine Worte. »Dann müsste ich also noch viele Jahre hierbleiben.«

»Das musst du.« Er drehte sich um und warf mich auf den Rücken. »Um den Drachen im Zaum zu halten.« Er küsste mich. »Und um mir alles beizubringen über Mode und Haarschnitte.« Wieder ein Kuss, weiter unten platziert. »Und um Lucys und Seans Kind aufwachsen zu sehen.« Noch ein Kuss, und ich spürte, wie mein Körper auf ihn reagierte. »Und um im Chor zu singen, Liz und George zu beobachten, wie sie gesetzt und langweilig werden, und um endlich Butler in den Griff zu bekommen.« Jede Aussage wurde von einem Kuss begleitet, und inzwischen wand ich mich voller Ungeduld unter seinen Händen.

Und um zu sehen, ob es wirklich immer so ist, dass ich den Verstand verliere, wenn du mich nur ansiehst. Dass ich nichts anderes mehr will als deine Hände auf mir. Und dieses Gefühl, das mich immer noch jedes Mal aufs Neue überrascht, wenn du mich in Sphären hebst, die ich mir nie erträumt hätte.

Eines Tages würde ich es ihm sagen. Eines Tages würde ich ihm gestehen, dass ich nie mehr eine Wahl gehabt hatte, seit er zum ersten Mal dieses Feuer in mir entfacht hatte. Ich war verloren, aber auf eine andere Weise als bei Josh. Auf die beste Weise, die ich mir vorstellen konnte.

»Und du darfst nie mehr gehen, weil ich nicht genug bekommen kann von diesem kleinen Geräusch, das du immer dann ausstößt, wenn ich das hier mache.«

Meine Beine schlangen sich von selbst um seinen Rücken. »Dann mach einfach weiter, verdammt. Und höre nie wieder damit auf.«

Impressum

1. Auflage September 2016

Korrektorat: Claudia Heinen, www.sks-heinen.de

Cover-/Umschlaggestaltung: Buchgewand | www.buch-gewand.de

Verwendete Grafiken/Fotos:

© mandrixta - depositphotos.com

© beholdereye - depositphotos.com

© rfphoto - depositphotos.com

© Roman84 - depositphotos.com

© artishokcs1 - depositphotos.com

© 4masik - depositphotos.com

© Katya_Bra - depositphotos.com

© AnnaLug - depositphotos.com

© deedl / shutterstock

ISBN-13: 978-1539067016

ISBN-10: 1539067017

Franziska Erhard

Rosenstr. 21

76337 Waldbronn

franziska.erhard@gmx.de

Printed in Poland
by Amazon Fulfillment
Poland Sp. z o.o., Wrocław

53316290R00171